渡辺房男

大久保利通
わが維新、いまだ成らず

実業之日本社

実業之日本社文庫

目次

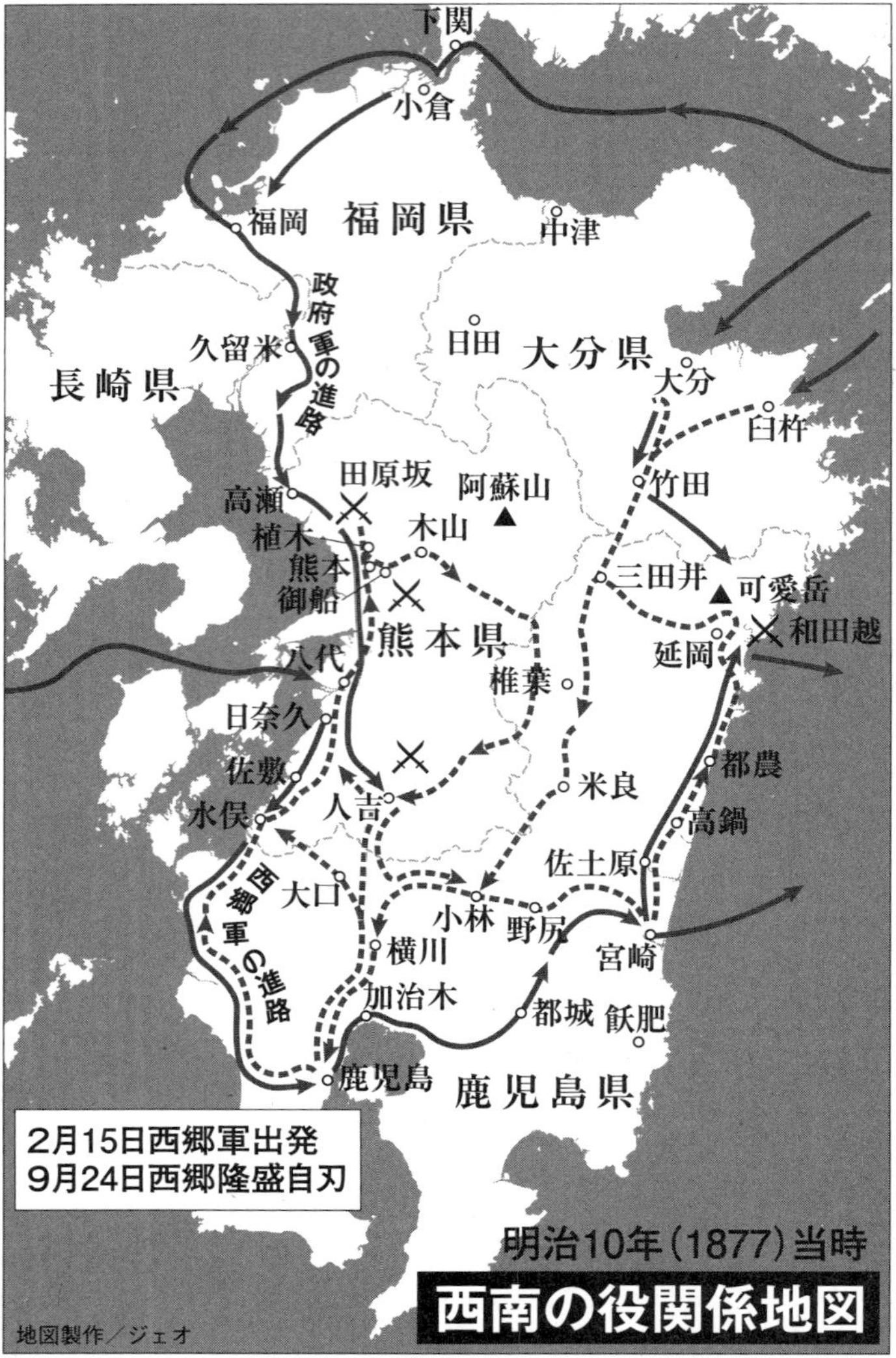
下関
小倉
福岡
福岡県
中津
政府軍の進路
久留米
日田
大分県
大分
長崎県
臼杵
田原坂
阿蘇山
竹田
高瀬
植木
木山
熊本
御船
三田井
可愛岳
熊本県
和田越
延岡
八代
椎葉
日奈久
都農
佐敷
米良
人吉
水俣
高鍋
佐土原
西郷軍の進路
大口
小林
野尻
宮崎
横川
加治木
都城
飫肥
鹿児島
鹿児島県
2月15日西郷軍出発
9月24日西郷隆盛自刃
明治10年(1877)当時
西南の役関係地図
地図製作／ジェオ

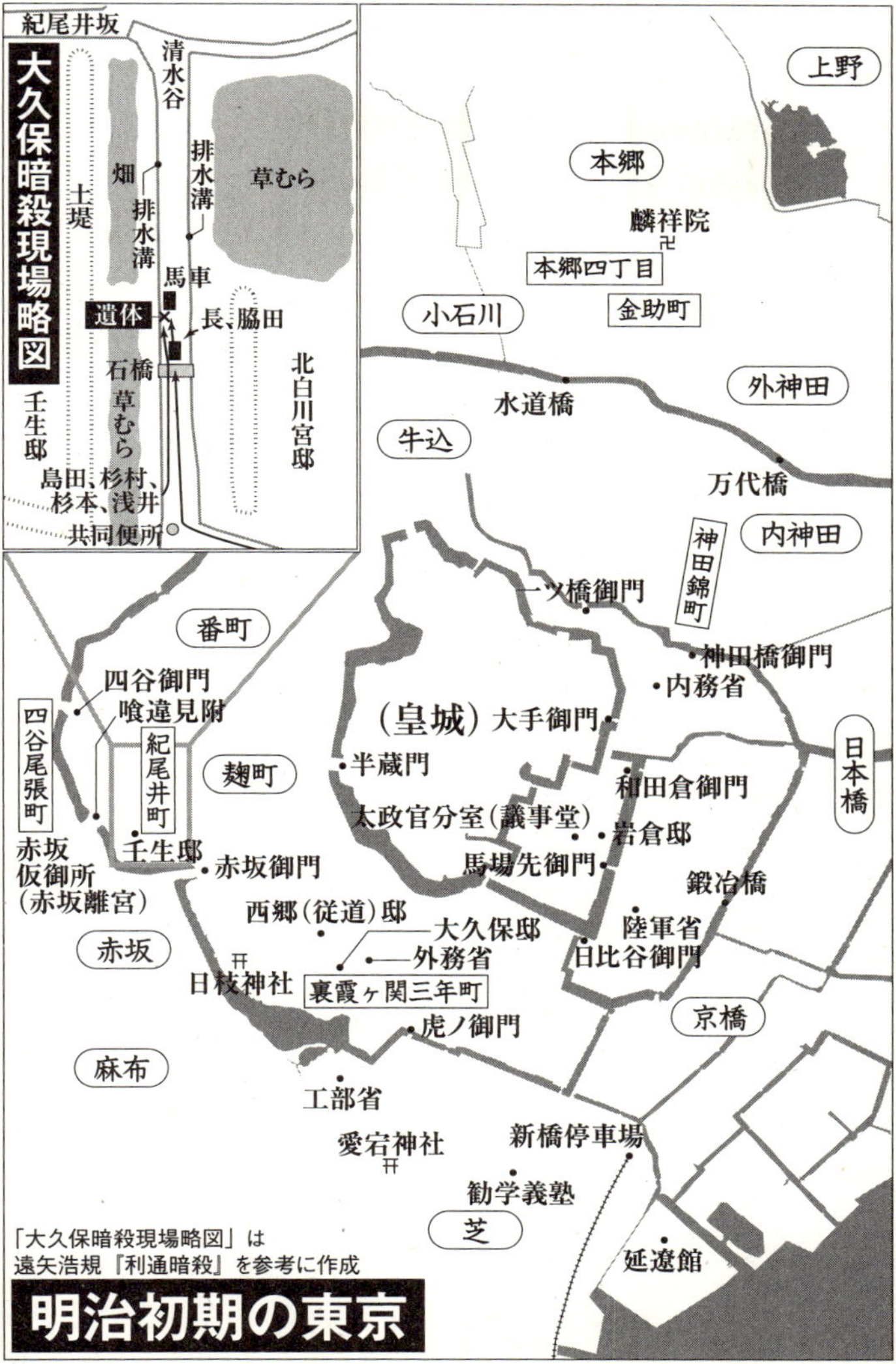

「大久保暗殺現場略図」は
遠矢浩規『利通暗殺』を参考に作成

明治初期の東京

序章　紀尾井町

明治二十五年五月十四日（一八九二）午後二時。

中條政恒《なかじょうまさつね》は妻の運《うん》とともに、麴町《こうじまち》区富士見町《ふじみちょう》の自邸を出て、紀尾井町《きおいちょう》の清水谷《しみずだに》にある大久保利通《おおくぼとしみち》哀悼碑の前に立っていた。

中條は、かつて福島県の県令や参事を補佐する役職であった。

その日五月十四日、それはまさに十四年前の明治十一年に内務卿《ないむきょう》大久保利通が金沢藩の士族たちに暗殺された日だ。

この石碑は事件から十年が経過した明治二十一年五月に、利通の死を悼む元内務省官僚で元老院議官となった奈良原繁《ならはらしげる》らによって建てられたものである。

五十一歳の中條が島根県大書記官の職を辞して、東京に移ったのは、脳梗塞《のうこうそく》の病のためである。左手の麻痺と時折起る癇《かん》の発作のため、外出する機会も少なくなったが、今年一月に長年にわたって福島県の安積《あさか》開発に尽力した功績により従六位を授けられた。

だが、この功績は、荒地の安積原を猪苗代《いなわしろ》湖からの通水によって豊かな耕作地に変貌させる大事業に、利通が財政的に力を尽くしてくれたことが大きかった。

米沢藩士の嫡男として天保十二年（一八四一）に生まれた中條は、戊辰《ぼしん》の役の時、奥羽越列藩同盟《おううえつれっぱんどうめい》に加わった藩の一員として秋田城攻撃に加わったが、藩主上杉茂憲《うえすぎもちのり》の謝罪降伏に従って新政府に帰順、終戦処理の巧みさを買われて越後府判事試補となった。だが、この職を辞して米沢に戻り、元熊本藩士で福島県令となった安場保和《やすばやすかず》の知遇を得て、中條は福島県郡山《こおりやま》の安積原野を豊かな耕作地とする事業に力を尽くした。

その志に共鳴した利通は、天皇の東北巡幸に際して中條らの開拓の拠点を訪問し、事業に惜しみない援助を約束してくれたのだ。早速、部下である同郷鹿児島の奈良原繁らを現地に派遣し、政府としての具体的な援助のあり方を検討させた。

安積原の本格的な開拓事業は、利通の死後の明治十一年十月から始まった。九州久《く》留米《るめ》藩士たちの移住が最初であったが、以後、土佐藩ら十八の旧藩士たちがこの原野に移住し開拓事業に従事した。

　さらに、利通の支援により、水不足に悩む開拓村への画期的な救援策として猪苗代湖から水を引き込む安積疏水が完成し、明治十五年までに四百七十六世帯二千五百人の士族たちが次々と入植した。


「あなた、寒くはありませんか」

　六メートルを超える高さの巨大な石碑の前で、妻の運が小声で言った。

「いや、大丈夫だ」

　運の方を見ずに答えたが、今朝から天候が崩れ始め、今は灰色の雲が頭上に広がり始めていた。

「あの日はあれほど晴れていたのに……」

　運が空を見上げながら呟《つぶや》いた。

　左手の不自由さに加え、時折襲う偏頭痛のため、一度に二か所を回るのは無理と思い、十日前に利通の眠る青山墓地へ向った。

　竜の子を模した台座の上に、長大な御影《みかげ》石の墓石が建てられていた。死の翌日に追贈された正二位右大臣の文字がくっきりと刻み込まれていた。五月十七日の葬儀には千二百人の弔問者が訪れ、国葬となった葬儀の費用は四千五百円を超えたと聞いている。

今、遭難の地に立つ中條は、悲報を聞いた日のことを思い起していた。

明治十一年五月のあの日、中條は利通の命で現地調査に来ていた奈良原とともに安積疏水の猪苗代湖開鑿《かいさく》予定地を視察していた。

事件の翌日十五日未明に上京中の福島県の官吏《かんり》から悲報を聞いた。あの時に受けた心の衝撃は今でもまざまざと思い出される。

中條は妻に手を引かれて、哀悼碑の裏面に回った。

裏面には、利通が天皇から重い信頼を受けていた明治の元勲《げんくん》であり、維新の最大の功績者であったことが刻まれていた。さらに、遭難の日から七年を経ても、道行く人が今でも利通の死を悼んでここを通り過ぎるとも刻み込まれていた。

利通は長く続いた幕藩体制を打破し新秩序による国家を目指した。盟友西郷隆盛《さいごうたかもり》を担ぎ挙げて乱を起した薩摩士族の暴挙を徹底的に封じ込めて、新たな国作りに身を挺《てい》した利通の無念さはいかばかりであったろうか。

時の流れの中で、武士の世が消え去るのは自明の理だ。新政府に一度は抗して戦いに加わった中條に、維新の荒波に翻弄された士族の苦衷は他人事ではない。時代の激動の中で、自分を含め五十万もの士族の身は行き場を失った。わずかな公債の受給で身を養わねばならなくなり、誰もが必死に生きる場を求めたのだ。

あの安積の地に来た士族たちは、刀を鍬《くわ》に代え、必死の思いで土を掘り起こし、家族の命の糧《かて》を得ていった。

利通の支援で、かれらは原野の開拓に身を捧げた。その努力があってこそ豊かな水に恵まれ大地を手にすることが可能となった。

時を見据え、時を乗り越えるため、士族たちに新しい生き方を示した利通……。

西郷を盟主として立ち上がった鹿児島の士族たち……。

さらにその反旗に呼応して利通の暗殺を企てた金沢藩の士族たち……。

――何故だ？　何故、利通は殺されねばならなかったか。

哀悼碑の前で、中條は呟いた。

そして、明治十年二月、西郷軍の蜂起《ほうき》を知った利通の姿、さらに遠く離れた金沢の地で西郷軍と軌《き》を一《いっ》にして事を起こそうとした士族たちの動きを思い描いていった。

第一章　その日まで四百日

——西郷が俺を……。

利通は、揺れ動く馬車の中で数日前に見た西郷の夢を再び思い浮かべた。

西郷との激しい言い争いから格闘になり、頑健な西郷に打ち負かされて崖《がけ》の端に追い詰められ、ついに崖下に転落した。石の上に落下した自分の頭は砕け散ったが、それでもまだかすかに動く自分の脳髄を見つめて震えている異様な夢だった。

明治十年（一八七七）二月十三日。

参議内務卿の大久保利通は、朝早く裏霞ヶ関三年町《うらかすみがせきさんねんちょう》の自宅を出て馬場先《ばばさき》御門内にある岩倉具視《いわくらともみ》の屋敷に向っている時だ。

岩倉卿の呼び出しの用件はほぼ察しがついていた。

西郷率いる私学校兵本隊の鹿児島からの出陣である。

──やはり、正夢だったか……、それにしても何故だ、何故だ?。

天保元年(一八三〇)生れの利通より、西郷は三歳年上の五十一歳であったが、同じ鹿児島城下の下加治屋町《しもかじやちょう》に生まれ、幼い頃から下級武士として苦楽をともにしてきた。だが、その盟友西郷が生死を賭けてともに築き上げた新政府に真っ向から反旗を翻したのだ。

鹿児島の不穏な動きは、今年始めから利通の耳に入っていた。

大警視の川路利良《かわじとしよし》から警視本署の警官が鹿児島の士族たちの動きを探っているという報告も受けていた。かれらからの詳しい報告はないものの、二月六日に私学校の生徒が政府の弾薬庫を襲撃して武器弾薬を奪ったことが、熊本鎮台《ちんだい》からの電報でわかっていた。

──西郷よ、何故、かれらを制止できなかったのか。

歯軋《はぎし》りする思いであった。

すべては私学校の篠原国幹《しのはらくにもと》や桐野利秋《きりのとしあき》たちの暴挙だ。かれらが私淑する西郷なら、その企てを破棄することができた筈《はず》だ。

揺れる馬車の中で、利通は唇をかみしめていた。

「待っていたぞ」

利通が奥の政務室に入ると、岩倉具視は椅子を蹴るように立ち上がった。

「東京にいる参議たちすべてに声をかけた。われらだけで何とかせねばならん」

角張った顔を紅潮させて、岩倉は声を荒らげた。

先月二十四日、関西地方への行幸に、三条実美《さんじょうさねとみ》太政大臣が内閣顧問の木戸孝允《きどたかよし》、陸軍卿の山県有朋《やまがたありとも》、工部卿の伊藤博文《いとうひろぶみ》らとともに出発していた。そのため、実質的な東京での政府の責任者は岩倉であった。

すでに、三条や木戸には鹿児島の切迫した状況は伝わっていると思われる。政府として如何にこの事態に対処するか、岩倉は政府の筆頭参議である利通の策をどうしても訊かねばならないのだろう。

利通と岩倉の二人は西郷とともに幕末維新の荒波を必死に乗り越えてきた仲である。岩倉も利通同様、開戦に踏み切ったのは私学校を牛耳《ぎゅうじ》っている桐野、篠原、村田新八《むらたしんぱち》らが西郷を担ぎ上げて挙兵したものと思っている。

「大隈《おおくま》や松方《まつかた》、それに大木《おおき》たちが来る前に、お前と話を先《ま》ず片付けたい」

と、岩倉は言った。

すでに岩倉は大蔵卿の大隈重信《しげのぶ》や司法卿の大木喬任《たかとう》らには声をかけているらしい。

鹿児島の挙兵に対する政府としての征討拠点を定めねばならないのだ。それに加えて、岩倉は大隈の下で大蔵大輔《たいふ》の職にある松方正義《まさよし》も呼んでいるとのことだ。松方は薩摩出身で、ともに京都で討幕の密議をこらした仲だ。大隈以上に、国の財政事情に詳しい男と、岩倉は見ていた。日頃から、利通もまた財政に関する重要な会議には、松方も呼ぶよう三条や岩倉に伝えている。すでに軍や警察の西国への動員準備が発せられた以上、かれらへの補給を確保する財政手段を練らねばならない。その規模は予想を超えるものになるだろう。

「やはり、お主に京都へ出向いてもらわねば」

岩倉は、利通に告げた。

「わかり申した」

利通は即座に答えた。

参内する前から、この事は予想していた。征討本部は、やはり、天皇と太政大臣の三条が滞在している京都に置くことが必要だろう。

「山県が熊本に送り込んだ川村《かわむら》と林《はやし》も西郷に会えずに追い返されたではないか。もはや、処置なしだ」

海軍大輔の川村純義《すみよし》は利通と同じ薩摩の出である。かれなら、私学校の桐野たちに会える筈《はず》と、山県は考えたのだろう。だが、結局は、鹿児島に上陸も出来ずに神戸へ戻ってきた。

交渉が不首尾で終わったことは、帰路の尾道《おのみち》で送った電報によって判明した。川村たちは旧知の鹿児島県令の大山綱良《おおやまつなよし》を乗ってきた高雄丸《たかおまる》に招き、交渉したが失敗に終わったのである。

さらに、私学校の生徒たちが高雄丸の奪取を図る動きを知った。このままでは身に危険が及ぶと察知し、すぐに瀬戸内海を東に引き返し、同行していた書記官を尾道で下船させて交渉決裂の報を打電させたらしい。

岩倉は利通に厳しい視線を送った。

「川村は今日、神戸に着いて、山県に詳しく報告しているはずだ。山県も征討に踏み出した。だが、やはり征討軍の今後の動きについては、お前の指示が不可欠だろう」

岩倉によると、三日前の二月十日、山県はすでに京都にいる三条太政大臣に征討軍編制の方針を言上《ごんじょう》し、三条とともに動員の裁可を受けていた。山県が出動準備を指令したのは、近衛《このえ》歩兵第一連隊、東京鎮台《ちんだい》歩兵第一連隊、大阪鎮台歩兵第八連隊などである。

また、利通もすでに川路大警視からの報告で、十日、鍛冶橋《かじばし》本署に各分署から選抜した六百人の巡査が集まり、十一日に横浜から汽船神奈川丸で九州に先発したことを知っていた。川路の方針では、かれら巡査部隊を博多に向わせ、佐賀、福岡、熊本にそれぞれ送り込んだという。軍隊よりも身軽に探索、警備が可能というのが、川路の考えであった。

——自分が動かねば。まだ戦が始まったわけではない。

関西への出発を求める岩倉の顔を見つめながら、利通は考えていた。

やはり、岩倉は話を切り出した。

「三条殿もお前の来るのを待っている。木戸や伊藤はもちろんだが」

明治四年の米欧回覧の旅以来、西郷との征韓論での対立やその後の政局運営で利通が最も信頼してきたのは、伊藤であった。かれとともにこの内乱の危機を乗り越えねばならない。また、倒幕の戦乱をともに乗り切ってきた木戸孝允も、萩《はぎ》、秋月《あきづき》、神風《しんぷう》連《れん》の騒ぎとは比べものにならないこの騒乱をどれほど危惧《きぐ》しているかが痛いほどわかっていた。また、体調のすぐれないらしい木戸の様子も行幸前から、利通の耳に入っている。

「岩倉殿、まだ戦を止める手立てはあります。もし、それが叶《かな》わぬなら、最後の策を京都で立てねばなりませぬが、よろしいか」

「無論だ。三条殿と相談しながら、準備に取り掛かってくれ」

「わかりました。本日、午後にでも神戸に向かいます」

その言葉に、岩倉はようやく安堵《あんど》の表情を見せた。


岩倉邸での閣議が終わってすぐ、利通は神田橋《かんだばし》御門外の内務省に行った。

内務省は、利通自身が創設した官庁である。

民部省の廃止から二年半後の明治六年十一月に設置された内務省は、地方行政、警察行政を中心に土木事業や宗教政策、出版の検閲など多くの分野にまたがる強大な権限を有していた。征韓論による政府の分裂に危機感を抱いた利通が自ら主導して設置し、初代の責任者となった。

省庁は大手門《おおてもん》先の大蔵省に一時間借りしていたが、明治九年に大蔵省の南側の敷地に新築された。新庁舎は大蔵省と同じく木造瓦葺《かわらぶき》で外壁は漆喰《しっくい》塗りの二階建てであった。

鉄骨の表扉の両側に門衛の詰め所がある。

利通の馬車をみかけた門衛が大仰《おおぎょう》に敬礼し、すぐに省内に導いた。馬車から降りると、厳しい寒気が体を包んだ。九州からの電報では、鹿児島一帯は厳しい寒さが続いているという。

利通は急いで二階にある執務室に向った。

出迎えたのは、すでに出仕を命じていた内務少輔《しょうゆう》の前島密《まえじまひそか》である。前島は、天皇の行幸に付き添って京都にいる林友幸《はやしともゆき》に代わって、内務省の留守居役を務めていた。

前島は天保六年（一八三五）生まれで、利通より五歳若い。新潟に生れたが、早くして父を失い、母方の叔父で糸魚川《いといがわ》藩医であった家で養われた。勉学に励み、幕府の海軍養成所に入り、さらに箱館《はこだて》の開成所所長の武田成章《たけだなりあき》の薫陶を受け、幕政時代末期の慶応三年、江戸の開成所で英学を教えるまでに学才を発揮した。その才能が認められて明治二年に遠州中泉《えんしゅうなかいずみ》奉行となったが、すぐに中央政府に出仕して租税権正《ごんのかみ》、駅逓《えきてい》権正を歴任した。そして、政府の留学生として英国に滞在、そこで英国を始めとする西欧諸国の郵便事業を学び、日本への導入を試みた。郵便制度は着実に日本に定着しつつあるが、これらはすべて前島の功績と、利通は思っていた。今や、前島は利通の補佐役として最も信頼できる部下のひとりだ。

「どうか、ご心配なくお出かけ下さい」

前島は利通から、九州の状況と西国行きの件を聞くと、深く頭を下げて言った。

「いつ戻れるかわからん。軍費の調達など頼むやも知れぬ。さきほど、松方には征討費の確保に努めるよう頼んでおいた」

顔をしかめて、利通が言うと、

「大丈夫です。松方殿と力を合わせてなんとか切り抜けようと思っております」

それを聞いて、ひとまず安堵した。

「あの男は苦労人だ。銭のことは何でもわかる」

松方正義は、幕府崩壊の際、佐賀の大隈重信とともに長崎の治安を守り、新政府の長崎統治の基盤を整備した。利通は松方をすぐに中央政府に引き上げず、九州日田《ひた》県の県令に任じた。それは、松方に地方の行政と財務のあり方を先ず学ばせるための配慮だった。そして、大隈に遅れて上京した松方に新政府の財政基盤を確立するための地租改正の大仕事を任せた。今や、松方無くして、政府の財政方針は決定できないと、利通は見ていた。さらに、松方は大蔵大輔でありながら、大隈とともに利通が総裁を務める地租改正事務局の仕事を兼務しており、日頃から頻繁《ひんぱん》に会合を持っている。

「銭がいる……」

維新から十年、ようやく内政の確立が始まったばかりだ。薩摩からの嵐が政府の屋台骨を揺り動かそうとしている。

「あとひとつは、警察隊の派遣のことだが。陸軍と海軍については、京都に山県と川村がいるから心配ないが、警察隊の派遣の企ては、川路と入念に打ち合わせをしてもらいたい。警察隊が実戦に参加することもあり得るからな」

鉄道や郵便事業に詳しくても、前島にとって、全国にくまなく警察網を張り巡らした治安については川路には遠く及ばない。だが、在京の警察隊の動員計画は内務省が責任を負わねばならないのだ。

「いずれ、川路にも鹿児島に行ってもらわねばならん」

利通は、これからいつ止むかもわからない荒波の中へ船出していくような思いにとらわれていた。

「船の手配は、すでに終えております」

前島は懐《ふところ》から懐中時計を取り出して言った。

「わたしの判断ですが、大久保殿の付き添いとして日下部《くさかべ》大書記官を上方《かみがた》に同行させます。日下部は今横浜までの汽車と上方までの船便の手配をさせており、それを済ませて新橋停車場でお待ちする手筈になっております」

「わかった」

利通もまた自分の時計の文字盤を見つめた。

一刻も早く上方にいる山県や伊藤に会わねばならない。だが、まだ自身の旅支度もしていなかった。霞ヶ関の自邸に戻り、旅装を調える必要がある。いつ東京に戻れるかどうかわからぬ出張であった。念入りな支度が必要となるだろう。

席を立とうとすると、前島が言った。

「先ほど陸軍省から連絡があり、鳥尾《とりお》中将が閣下に付き添って神戸まで行かれるとのことです。やはり、新橋停車場でお出迎えするとのことでした」

前島の言葉に、利通は優しく頷《うなず》いた。

鳥尾小弥太《こやた》は長州萩の出で、山県とともに奇兵隊に属し戊辰の戦で功労を挙げた。その軍功により、山県から信頼され、以後、一貫して陸軍内で出世を遂げた男だ。弘化四年（一八四六）生まれと聞いており、利通より十六も若い。だが、鳥尾の功績は軍人としてのものだけに止まらない。特に、際立った仕事は、同じ長州出身の工部卿の伊藤とともに、廃藩置県の大事業を裏面から押し進めたことにあった。

鳥尾は陸軍内でも際立った逸材である。鳥尾を自分に同行させ、京都で薩摩軍との作戦計画を一緒に推進するのが、山県の目論《もくろ》みであろう。

戊辰の戦が終わって一段落と思われた維新の大業は、わずか数年の後に各地での士族による蜂起でまたたくまに傷ついた。しかし、佐賀、萩、熊本と続いた叛乱《はんらん》とは異なるこの大規模な薩摩勢との葛藤をいかに収めるか、神戸までの船中で鳥尾とともに策を練らねばならない。

午後三時、利通一行は新橋停車場から鉄道で横浜に向い、神戸行きの玄武丸《げんぶまる》に乗り込むことができた。

船は午後六時に横浜を出航した。

太平洋を西に向う船は暴風雨によって木の葉のごとく翻弄された。後で知ったが、船長を始め多くの乗組員たちも風の勢いに恐れおののき遭難を覚悟するような状況だった。

だが、利通は船室にひとり閉じこもり、ひたすら耐えに耐えた。そして、床に腰を下ろし、座禅の姿勢をとった。体は左右に大きく揺れたが、少しずつ心は平静さを取り戻していく。時折、鳥尾らしい男が隣の船室から様子を見に来たが、そのまま何も言わずに去って行った。

利通は正座したまま故郷鹿児島、そして西郷とともに討幕挙兵の大事を決意した京都での日々を思い起こしていた。

盟友西郷は二十三年前の安政元年（一八五四）に藩主斉彬《なりあきら》にその才格を見込まれ、すでに藩政のみならず幕政にも関わる秘事に関わっていた。利通は西郷に遅れたものの二十九歳の時、斉彬に抜擢《ばってき》されて藩の御徒目付《おかちめつけ》となったが、藩主斉彬の急死により罷免《ひめん》された。

だが、混迷する内外の情勢は、利通を見捨てることはなかった。

二年後の万延元年、三十一歳になっていた利通は、斉彬の死後、藩主の座に着いた幼い茂久《もちひさ》を補佐する斉彬の異母弟久光《ひさみつ》によって勘定方小頭格となり、藩政に深く関わることになった。それは、大老井伊直弼《いいなおすけ》が桜田門外で暗殺され、幕府の権威が失われ始めた時でもあった。

久光は幕政の改革を公武合体策で乗り切ろうとしたが、その企てを支えることで、利通の藩政での地位は確かなものとなった。

以後、久光とともに性急な討幕挙兵を図る一派とは異なる薩摩藩独自の道を目指した。

それは、一橋慶喜《ひとつばしよしのぶ》を第十四代将軍家茂《いえもち》の後見役とし、福井藩主の松平慶永《まつだいらよしなが》を政事総裁職とすることであった。だが、その策は実ったものの、ますます国内の混乱が増した。過激な尊攘《そんじょう》派と一線を画す久光の策は、一橋慶喜、会津《あいづ》の松平容保《まつだいらかたもり》、福井の松平慶永、土佐の山内豊信《やまうちとよしげ》、宇和島の伊達宗城《だてむねなり》、さらに朝廷の公家を含めての参与会議の結成であった。だが、ほどなく参与会議は瓦解し、久光や利通の苦心は実らなかった。

この失敗により、行き詰った藩政に欠くことのできない人物として、久光によって沖永良部島《おきのえらぶじま》に遠島となっていた西郷を呼び戻す藩論が沸き起こった。以後、利通は藩中枢に返り咲いた西郷、さらに藩の重役となった小松帯刀《こまつたてわき》とともに成功の見通しのない公武合体策を放棄し、武力討幕の方向に舵《かじ》を取ったのである。

軍事面は西郷に託し、自らは京都の藩邸から御所に日参し、朝廷内で力を発揮する岩倉具視とともに討幕の策を練った。

そして、禁門の変以来、利通と西郷は宿敵であった長州藩と和解して薩長同盟を結んだ。

さらに、慶応三年（一八六七）十二月、岩倉とともに王政復古を強行し、大政奉還後も隠然たる権力と財力を保持していた徳川慶喜の官位を剝奪し幕領を返納させ、幕政を完膚《かんぷ》なきまで瓦解に追い込んだ。

以後、利通は六年後の征韓論で決定的に対立するまで、西郷とは一心同体の関係を続けてきた。その西郷が自ら軍を率いて鹿児島を出発したとの報を受けたのだ。

――もし会うことが可能なら、この暴挙を喰《く》い止められるのは自分しかいないはずだ。だが、もうそれは無理なのか……？

全身に響く波浪の音と激しい横揺れに耐えながら、利通は西郷の巨体、そしてその柔和な両眼が脳裏を過《よ》ぎった。


ようやく二月十六日の午前二時、神戸の港に着いた。

神戸で利通たちを出迎えたのは、伊藤博文と鹿児島から戻っていた川村純義であった。伊藤は埠頭《ふとう》に待たせていた人力車に利通たちを乗り込ませて、坂本村《さかもとむら》の兵庫県庁に連れて行った。

長崎、横浜と並んで重要な外交・通商拠点である神戸には維新後すぐに県庁が設置されて、外国官判事となった伊藤が初代知事として勤めていた。伊藤にとってこの神戸は、鹿児島の現状を詳しく伝え、利通とともに善後策を練るために格好の場であったろう。

今は、利通と同じ薩摩出身の森岡昌純《もりおかまさずみ》が県の県令に次ぐ役職である権令《ごんれい》として任じられていた。森岡は維新後長崎県大参事を経て、一年前から県の責任者として、外国の駐在官との煩雑《はんざつ》な交渉に従事していた。

利通たちは来客用の寝室で仮眠を取り、軽い朝食を提供された後、森岡権令の待つ部屋に案内された。森岡は県令や権令、大参事など地方官吏の人事を統括する内務卿を緊張した顔つきで迎えた。


「電信がこれほど役に立つものとは思っておりませんでした」

椅子に座ると同時に、伊藤がすぐに口を開いた。

八年前の明治二年十月、築地《つきじ》居留地の運上所《うんじょうしょ》に伝信機役所が置かれて、横浜の居留地との間で最初の電信が行われた。以後、長崎の居留地から順次電信網が全国に広がっていった。この電信網によって、熊本鎮台から絶えず情報が京都に送られてきており、伊藤や山県は九州の切迫した状況を日々つぶさに知り抜いていた。

「山県さんも、岩倉殿に鹿児島の状況を電信でお伝えしましたが、大久保さんはすでに東京を出られた後でした」

「それで、鹿児島は今、どうなっているのか？」

十三日の夜に横浜を出てから、すでに三日経過している。一刻でも早く状況を知りたかった。

伊藤や川村によると、十四日早朝、私学校兵の先発隊三百人余がすでに鹿児島を出発し西目《にしめ》街道を一路に向って出発したらしい。

西郷が私学校の桐野や篠原と連名で、十三日に挙兵上京の届け理由を鹿児島県令の大山綱良に提出し、同じく中央政府に反感を持つ大山がそれをそのまま全国の府県に送った。

その挙兵の理由は、川路大警視が鹿児島の不穏な動きを探索させるために送った部下を「西郷暗殺」の実行者として、この指令に対する異議申し立てであるとしていた。

利通や川路が「西郷暗殺」を企てることなどあるわけはない。川路が送り込んだ警官を拷問《ごうもん》で「暗殺者」として、挙兵の大義を作り上げたのだ。

あの西郷が桐野たちの煽動《せんどう》に対して軽々しく乗るはずがない。もし、それが西郷自身の本心からならば、あまりに軽はずみな行動ではないか。利通は大山県令が差し出した政府への詰問状にある西郷の名前は、桐野たちが無断で書き込んだものではないかと信じたかった。

「殿はどうされておられるのか」

利通は藩父の島津久光のことが気になっていた。

「大殿は挙兵に反対されていると、わたしは思っております」

同じ薩摩出身の川村にとっても気になっていたらしく、鹿児島湾での大山県令との面会時に訊ねたらしい。だが、その時、答えを曖昧《あいまい》なままにした大山の態度から、川村はそのように判断したという。もし、久光が桐野たちに同調しなかったなら、薩摩の士族たちの中には桐野たちの呼びかけに応じなかった者もいるに違いない。

――ならば、まだ道は残されている……。

利通は腕を組んだまま考え込んでいた。

「伊藤さん、とにかく京都へ行かねば」

「わかっております。すでに大久保さんの神戸到着は京都の三条公にはお伝えしております。おそらく、大阪におられる山県陸軍卿にもこの件は知らされておりましょう。京都の三条殿の下でお会いできます」

伊藤の言葉に頷くと、私学校の兵力はどのようなものか、川村に聞いた。

「熊本に向って進む鹿児島の兵たちの総数は、およそ一万三千人になりましょう。しかし、熊本鎮台を守るのは谷干城《たにたてき》少将以下およそ四千人の兵力でしかありません。今、大阪で、山県卿はすでに野津《のづ》少将、三好《みよし》少将たちと全国の鎮台兵の動員計画を練っておられるようです」

利通は、山県の厳しく尖った顔立ちをふと思い浮かべた。幕末維新の動乱期に軍人一筋の道を歩んできた男である。天保九年（一八三八）生まれというから、まだ三十九歳だ。利通より八歳も年下だが、長州、薩摩を問わず陸軍内部に大きな勢力を築いている。敵に回せば、徹底的に戦いを挑んでくるのではないかと思っていた。だが、今度ばかりは違う。山県がこれまで実戦で得てきた戦略を存分に生かしてもらうしかない。

——だが、まだ間に合うかも……。

利通は、一縷《いちる》の望みを胸に抱きながら、伊藤たちとともに神戸から汽車で京都に向うために県庁を出た。

利通たちは、新築の神戸停車場から汽車で京都に向った。

神戸・京都間の鉄道が開通したのは、この月の五日のことだ。明治三年の測量開始から八年余の歳月をかけて、ようやく関西の三大都市である神戸と大阪、そして京都が鉄道で結ばれた。

内務卿として、この鉄道路線の開通は知っていたものの、実際にこの路線の汽車に乗るとは予想もしなかった。京都まで向う車中で、隣に座った伊藤は利通の強張《こわば》った気分を解きほぐすかのように十日ほど前に行われたこの鉄道の開業式の様子を話してくれた。

「お上が京都にご滞在の折でしたから、京都・大阪・神戸の停車場で盛大な開業式典が開かれました」

伊藤によると、御所から出御《しゅつぎょ》された天皇は、先ず京都七条停車場から午前九時三十分に乗車し、十時四十分ごろ大阪停車場に到着された。供奉《ぐぶ》したのは、有栖川宮熾仁《ありすがわのみやたるひと》親王、伊藤と木戸内閣顧問、それに山県陸軍卿に加え、鉄道局長の井上勝《いのうえまさる》、また日本駐在のイギリスやフランスなど九カ国の公使たちだった。大阪停車場で盛大な開業式が挙行され、さらに一行は西に向かい神戸停車場に到着、西洋料理での豪華な昼食で饗応《きょうおう》された。それから引返して京都停車場に戻ったのは午後四時だった。

その夜、各国公使団の宿舎として用意された建仁寺《けんにんじ》で、かれらの労に報いる晩餐《ばんさん》会が、熾仁親王、木戸、山県らの接待で盛大に開かれた。五年前の新橋・横浜間の日本初の鉄道開業に続く快挙に、天皇を始め供奉した皇族たちも極めて満足げな様子であったと、伊藤は笑みを浮かべて話した。

「これからです。あと十年もすれば国内の主要都市が鉄道で結ばれます」

伊藤のうれしそうな声が利通の耳に響いた。

——だからこそ……。

利通は一言も発せず、ただ頷いた。

——維新から十年、ようやく二つの鉄道路線が敷かれたばかりの日本、まだまだ成し遂げねばならぬ事が山とある今……。

内戦は国を疲弊させ、新しい国づくりを遅らせるのだ。

——西郷よ。早まるな、待ってくれ。

利通は西郷たちの企てようとしている無意味な戦を何としてでも食い止めねばならない。祈るような思いで、車窓の葉を落とした木々の列を見つめた。

大阪ですでに作戦の準備を進めている山県の下へ行く鳥尾中将を見送った後、利通たちは夕刻近くにようやく京都七条の停車場に着いた。

時が時だけに、利通は伊藤とともに御所近くの三条太政大臣の宿所を訪ねた。

青白い顔色で利通たちを迎えた三条は、受取ったばかりの岩倉からの電報を手にして安堵しているようであった。利通が見せてもらった岩倉の電文は、「先ず、大久保と相談して勅使を鹿児島に派遣して本格的な戦を回避する方策を探るように」との趣旨であった。

無論、利通としても異論はない。三条は大阪にいる山県を京都に呼び、政府としての結論を出すつもりらしかった。

「あの西郷が愚かなことをするはずはない」

三条は引きつった顔でつぶやくように言った。

「無論でございます。すべて西郷の名をかたり、私学校の血の気の多い若者を煽動しておるのは桐野たちでございます」

「そうであろう。そうに違いない」

同志を得て安心したかのように、三条は大きく頷いた。

三条は明日の朝、小御所《こごしょ》に参内し、木戸らと意見を交えて政府としての策を決すると告げた。そして、すでに大阪にいる山県陸軍卿にも来るよう電報を打ったとのことだった。

その夜、利通一行は三条の宿所に泊まり、疲れた体を休めた。未明の神戸への到着からわずかな時間の仮眠をとっただけであったので、すぐに深い眠りに誘われた。

翌日朝、三条とともに、利通と伊藤らは、御所の小御所に赴いた。

小御所は清涼殿《せいりょうでん》の東南に当たる場所に建てられている。政務に関する重要な会議を行う場所であった。

利通たちが部屋に入ると、すでに木戸が着座していた。木戸の顔色が悪い。ここ数年、原因不明の頭痛や下痢に悩まされ、さらに落馬による下肢《かし》の不自由さも加わっている。

一月下旬の大和《やまと》行幸への供奉について利通や伊藤も反対したが、木戸はそれを押し切って出発したのだった。

「船旅でお疲れでしょう」

木戸は、利通たちにかすかな笑みを浮かべた。

木戸は天保四年（一八三三）生まれ、利通より三つ若い。だが、その瘦せこけた頰には、連日の疲労が重く伸《の》し掛かっていると、利通は思った。

「思い出しますな。もう十年を過ぎましたが、ここで……」

つぶやくように木戸が言った。

「たしかに……。あの時には西郷もおりました」

慶応三年（一八六七）十二月、ここで将軍慶喜の官位剝奪と領地返納の王政復古の大号令が発せられたのだ。大政奉還でひと息つこうとしていた慶喜を朝敵として断罪し、決定的な維新の断行を果たした。利通はあの日、西郷とともに控えの間におり、反対する藩主が大勢を占めたら、決定的な示威行為をも辞さないと覚悟を決めて成り行きを見守ったのだ。

それから、年を越した一月に鳥羽《とば》・伏見《ふしみ》の戦が始まり、一年余の戊辰の戦となった。実戦に加わったのは西郷だけであったが、利通も木戸も京都にいて兵站《へいたん》の仕事とともに新しい政治体制の確立に心血を注いだ。四年前の征韓論での行き違いはあったにしても、官を辞した西郷は萩や佐賀、それに熊本で起きた不平士族の騒乱にも加勢したことはなかった。鹿児島独自の士族の子弟たちを教育するための私学校を開校したのも、新しい時代に適応する優れた人材を養成するためではなかったのか。無謀な戦に加わる兵士を育てるためではなかったはずだ。

「信じられません。本当にあの西郷が指揮しての騒乱でしょうか、大久保さん」

木戸もまだ西郷の真意がどこにあるのかわかっていない。利通もまた三条も同じ思いだった。大阪から来る山県を待つ間を惜しんで、利通たちの会議が始まった。

利通はやはりここ京都に来るまでにまとめていた持論を三条や木戸に訴えた。

――まだ今なら西郷の力で挙兵したとされている私学校勢を押し留めることができるはずだ。そのための勅使を鹿児島に派遣せねばならない。

利通の強い主張に、木戸、そして三条も頷いた。この後、慌《あわただ》しく山県が座に加わったが、すでに結論は勅使派遣に固まっていた。

それから、三条と木戸が学問所に赴《おもむ》き、利通と練り上げた勅使の陣容と派遣時期について奏上することに決した。

すでに利通や山県たちが考えていたのは、天皇に付き添っている有栖川宮熾仁親王を勅使とし、ほかに元老院幹事河野敏鎌《こうのとがま》、議官柳原前光《やなぎはらさきみつ》を随行させることだった。さらに護衛として東京鎮台司令長野津鎮雄《のづしずお》と大阪鎮台司令長官三好重臣《みよししげおみ》を統率の任に当たらせて、軍艦一隻で鹿児島に向わせることとした。

利通は伊藤や山県とともに三条の戻るのを待った。長い時が過ぎた。もう昼時をはるかに過ぎただろう。

「お上からお許しが出た」

三条の顔がほころんでいる。征韓論での争いには西郷に苦しめられたが、ともに維新の厳しい時期を乗り越えてきた仲だ。人間的に憎むべき相手ではない。

「お上もさすがだ。戦は避けねばとおっしゃられた」

と、木戸も安堵の顔を見せた。

大政奉還の時にはまだ十五歳、今もまだ三十歳には達していない。木戸や利通が進めた維新の到来を国民と分かち合う地方行幸をすでに何度か済ませている。そして来年八月には北陸・東海への巡幸も決定されていた。天皇にとって維新の功労者である西郷は在野にいながらも現職の陸軍大将として木戸や利通とともに国家にとって欠くべからざる人物として位置づけておられるのではないか。

利通は、早速、控えの間にいた川村海軍大輔《たいふ》とともに、具体的な勅使の随行態勢を協議した。先ず問題となるのは、勅使一行が九州・鹿児島に向う船の確保だ。

「岩崎《いわさき》はすでに鹿児島の件を知っているのでは」

伊藤が口にした岩崎弥太郎《やたろう》は三菱《みつびし》汽船会社を創業した土佐出身の男だ。利通も瀬戸内から鹿児島への海路はかれの傭船《ようせん》に頼らねばならないと以前から考えていた。

「神戸に停泊していたのは、かれの明治丸でした」

伊藤はすでにこの事を予《あらかじ》め予期していたのだろう。すぐに海路、九州へ運航できる船を調べていたらしい。

「すぐに大阪へ戻り、護衛の兵の手当てを三好と打ち合わせねば」

山県は背を伸ばして立ち上がり、川村海軍大輔と一緒に小御所を出て行った。

素早い山県の動きだ。軍全体の動きを指揮するのは自分しかいないという自負心があの態度に現われていた。萩、佐賀、そして熊本の乱を短期間で鎮圧した軍の力は、やはり山県の力であったと、利通は思った。

後は、京都を発つ有栖川宮と随行する元老院幹事河野敏鎌、議官柳原前光との綿密な打ち合わせである。

その事を察したのか、伊藤は三条に言った。

「三条殿。先ず河野と細かな話をつめねばなりませぬな」

伊藤らしい気配りだ。有栖川宮や柳原前光も公家の出である。戊辰の戦では征討軍を率いてめざましい活躍を見せたが、やはり、頼みとするのは河野敏鎌であろう。河野はかつて土佐藩の勤王派として武市瑞山《たけちずいざん》に与《くみ》した。そのため土佐勤王党への厳しい弾圧の際には、死罪は免れたものの永牢となり、拷問にも屈せず維新まで生き延びた。以後、河野は一貫して司法畑を歩み、佐賀の乱では首謀者江藤新平《えとうしんぺい》を裁いている。利通も勤王の志士として動乱期を乗り切った河野には特別な思いを抱いていた。

御所内の控えの間から河野が来ると、すぐに綿密な話し合いが行われた。

――西郷に会えるのか……。

誰の心にもこのことだけが心に残ったままの会合だった。

木戸もまた疲れた表情のまま、一言も口を挟まなかった。

結局、ひとまず、鹿児島の港に入り大山県令と面会すること、そして西郷自身の動きを確かめて面会の手を講じる、この手はずだけは確かめ合った。だが、本格的な征討軍の派遣を留まらせた利通自身、いまだ鹿児島の現状を完璧には知り抜いていないため、的確な指示が出来なかった。三条も伊藤も同じで、全面的な戦を避けたいという思いがあるだけであった。

すでに、日も暮れようとしていた。冷え冷えとした京都の冬である。火鉢のわずかな暖はあるが、体を寒気が包む。

ようやく話に区切りをつけて、河野を宮たちの許に報告に行かせようとした時だった。

控えの間にいた日下部大書記官が京都府知事の槇村《まきむら》とともに部屋に入ってきた。

「たった今、府庁に電信が届きました」

硬い顔で、槇村正直《まさなお》は利通に言った。

長州出身の槇村は今年一月に京都府知事に昇格し、京都の勧業政策や教育機関の整備などに尽力している男だ。内務卿である利通が信頼している地方行政の練達者であった。

「どこからだ」

利通の問いに、

「熊本鎮台の谷殿からです」

槇村はそれだけ言うと、電信紙を先ず伊藤に渡した。

「やはり……。遅すぎました。私学校の先鋒《せんぽう》隊が今朝方、熊本県の佐敷《さしき》に入りました」

伊藤は暗い表情で電信紙から顔を上げて、利通を見た。

佐敷といえば、鹿児島から熊本へ抜ける街道筋の宿だ。目指すのは熊本鎮台しかない。

「西郷も一緒か？」

「いや、まだわかりませぬ、しかし、本隊はすでに鹿児島を出発したと思われます」

伊藤の言葉に、利通が思わず肩を落とした。

――また、戦か…。しかも西郷と……。

暗澹《あんたん》たる思いだ。

だが、利通は冷静に三条を見つめて言った。

「勅使派遣は取りやめにせねばなりませぬ」

「そうせねばな……」

三条は力なく頷いた。

隣に座っていた木戸は一瞬、激しく咳《せ》き込んだ。そして、暗く悲しげな顔で利通を見つめた。

「何故だ、西郷……」

木戸はかすかに呟いた。

すでに夜も更け、京都の御所周辺には人影は無かった。御所詰めの府の警察官の護衛の下に、利通たちは人力車で三条の宿舎に戻った。

今や、利通たちは次の策を練らねばならない。体調の優れない木戸はそのまま京都の別邸に戻ったため、今後の政府の戦略は利通が率先して決めることになる。

「大久保さん、お頼み申す……」

御所での別れ際に、木戸は利通に言った。

利通は、木戸の手を無言で力強く握った。

安心したかのように頷いて、木戸は人力車に乗り込んで去っていった。

三条も疲れたのか、宿舎に戻ると、自室に籠《こも》ってしまった。

今後の方針は、伊藤とともに立てることになった。

明治四年から六年にかけての米欧回覧の旅以来、利通は長州出身ではありながら、機転の利く伊藤の適切な助言を受けてきた。今や利通にとって伊藤は無くてはならない参議のひとりだ。伊藤は鹿児島の私学校の動きを警戒して、単身鹿児島に赴こうとした利通に対して、厳しい物言いで反対した。激しい議論になり物別れして、利通は自邸に戻った。だが、その夜、冷静になってみると、伊藤が何故鹿児島行きを反対したのか次第にわかってきた。

――政府内であなたに代わるお方は今やおりません。軽率な行動は慎むべきです。

伊藤は硬い表情で利通を凝視したのだ。情理に絡まれた行動は慎まねばならないと、利通は伊藤の直言に従った。伊藤は、鹿児島行きによって利通が不測の事態に巻きこまれるのを恐れたことがようやく納得できたのであった。

「山県さんには、そのまま大阪に残っていただくことにしましょう」

ひと息つくと、早速、伊藤が提案した。大阪鎮台には先ず鹿児島に送り込む兵がいる。

あえて京都に戻り、利通たちと打ち合わせをする必要はなかった。また、すでに東京の近衛歩兵第一連隊、東京鎮台歩兵第一連隊、さらに大阪の鎮台兵に出動準備の指令が出ている。さらに、東京警視本署の警察隊も川路の命令で九州行きの手筈が整っているのだ。

利通は、日下部大書記官に対し、大阪の山県と東京の川路大警視に準備指令を本指令に切り替えるよう連絡を命じた。無論、この宿舎には電信の発信機はない。日下部は電文を作成して、利通の承認を得てから烏丸《からすま》の府庁に出向いた。

「いよいよですな」

伊藤はかすかな笑みを浮かべた。

「大丈夫です。鎮台兵たちはすでに何回かの鎮圧で実戦を経験しております。必ず成果をあげるのではないでしょうか」

「それもそうだが……」

利通自身、西郷の創った私学校の軍事訓練のすさまじさ、さらに戊辰の役で実戦経験を経た桐野、篠原たちの力は侮れないと思っていた。それに、西郷自身は質素な暮らしを営みながら、陸軍大将として支給された破格の俸給を私学校の運営費用に投じていると聞いていた。鎮台兵の型にはまった訓練と較べれば、比較にならないほど闘志に溢《あふ》れているものだろう。何よりも、かれらの精神は士族の誇りに満ち溢れているに違いない。

「谷がどれほど持ちこたえてくれるかですな」

伊藤は利通の不安を見透かしたかのように言った。

「熊本鎮台も心配だが、西郷の動きに呼応する輩《やから》がいる筈だ」

利通は不安の思いを率直に口にした。

薩摩藩の周囲には、延岡《のべおか》、高鍋《たかなべ》、佐土原《さどわら》、飫肥《おび》などの諸藩がある。どの藩にも政府の押し進めている経済的な士族解体政策に不満を持つ者がいるはずだ。鹿児島の動きに呼応して必ず軍事行動に移るのではないか。

——日を追って軍の規模が膨れ上がっていくこともある。

ここ数日でかなりの兵が熊本鎮台のある城を包囲、攻撃するに違いない。

「初戦のヤマは熊本城の守りでしょう」

と、伊藤が言った。

利通もまた政府軍の九州上陸と熊本城包囲を破る作戦が必要と感じていた。

「先ず、政府軍の体制整備を急がねば」

利通の凜とした声が部屋に響いた。


翌二月十八日早朝、利通と伊藤は三条とともに参内し、征討発令の聖断を得た。

西郷軍の動きをつぶさに報告し、すでに事が決したことを聞いた天皇は、三条の賛同に対して何も言わず、かすかに首を縦に振っただけだった。陸軍の要として、軍事演習の際にはいつもそばにいた西郷を討つなど思いもしなかったに違いない。

肩を落として奥に去った天皇を見送った後、利通は三条と計って、先ず天皇からの指令として、「行在所《あんざいしょ》布告」を発した。

――大きな戦になる、いつまで続くのか。

二万を超す西郷軍、それに必ず呼応する熊本を含めた近隣の士族との戦になるのだ。地理に詳しいかれらによって政府軍は予期せぬ苦戦を強いられる。戦が長引けば長引くほど双方の若者の屍《しかばね》が戦場に残されるだろう。

だが、時は待ってくれない。

利通は迷いながらも決断せねばならなかった。

ここまで切り開いてきた維新の成果を絶対に守りきらねばならない。このために死を賭して戦い抜いた討幕軍の霊に報いるためにも。

「三条太政大臣」の名のもとに発したこの布告は、西郷たち私学校軍を国家の安寧を侵す暴徒として征討を宣言するものであった。

布告は府庁を通じ、東京の太政官《だじょうかん》を始め、各官庁と各鎮台へ送られた。さらに利通は、今後、征討に関するすべての指令を行在所から出すこととした。同時に、神戸まで同行した参謀局長の鳥尾小弥太に行在所の陸軍事務を執らせることとし、最も重要な案件を果断に処理した。

それは、征討軍の公式編制と人事である。

先ず有栖川宮熾仁親王を鹿児島県逆徒征討総督とし、当然ながら山県有朋を陸軍征討参軍として実質的な軍事行動の指揮を任せた。さらに、海軍に関しては、薩摩出身の川村純義海軍大輔を同じく征討参軍として海軍に関する作戦を任せることにした。陸軍の事務方は京都の行在所に置いたが、海軍事務は京都で執行できない。瀬戸内の海から鹿児島に向う海の要地である神戸に設置した。

「しばらくは東京に戻れませぬな、お互いに」

初動体制作りに一区切りついた時、伊藤が言った。

「無論、しばらくは西に留まらねば。お上も覚悟を決められたようだ」

利通は、三条から天皇がしばらく東京還御を見送る決意をしたことを聞いていた。

——これで万全か？

だが、不安はまだ残っている。

鹿児島など九州の地以外にも、世の動きに反発する旧態依然とした士族たちが残っている。かれらはこの九州の騒乱をどう見据えているのか。

利通は全国の警察署に探索を命じねばならないと決断した。

第二章　金沢・寺町

明治十年二月二十九日の昼過ぎである。

金沢の町は、前夜から明け方まで降り続いた雪に埋もれていた。

金沢城から東南に半里（約二キロ）にある曹洞宗天徳院《てんとくいん》は藩主前田利常《まえだとしつね》の正室珠姫《たま》を埋葬した寺である。地名は金沢町小立野《こだつの》と呼ばれる閑静な場所だ。

その一角の家に間借りしている元金沢藩士族島田一郎《しまだいちろう》は、昼過ぎに旧知の同志、寺《てら》垣吉之《がきよしゆき》の訪問を受けた。

寺垣は三十五歳、金沢の第一警察出張所の警部職を務めていた。

島田は、その血走った眼を見て、用件を即座に察知した。寺垣は肩に覆い被《かぶ》さった雪をはらい落として、玄関脇の小部屋に座ると、

「ついに……」

と唸《うな》っただけで後が続かなかった。

「いよいよですな」

島田は落ち着いて言った。それは、金沢の歩兵第七連隊の一部が動き出したという情報も連隊の同志から漏れ聞いていたからだ。

「本日、桐山《きりやま》権令が西郷殿の鹿児島からの出陣を正式に県下全域に伝えました」

年齢では五つ年上ではあったが、組織の頭首である島田に対して、寺垣は丁寧な言葉遣いをしている。さらに寺垣は、

「お上が京都行幸中のことで、政府の征討本部は京都に設けたとのことです」

と、付け加えた。

「わかりました。早速、三光寺《さんこうじ》で会合を開かねばなりませんな」

島田の言葉に寺垣は大きく頷いた。

同志の中には、寺垣を含め多くの警察官がいる。寺垣は職名としては警部であったが、島田勇《しまだいさむ》や宮崎延義《みやざきのぶよし》など他の多くが巡査職に就いていた。

二年前の明治八年十二月、内務卿の大久保利通は太政官布告として日本全国に統一した警察制度を創設し、その際、巡査・警部という警察官の職名が生まれた。

さらに、翌年の明治九年六月、すでに県内の要地である金沢、大聖寺《だいしょうじ》、七尾《ななお》、輪島《わじま》などに警察出張所が設置されたが、その地名を削除し、第一から第八までの番号を記したものとなった。そして七月、地方警察費は警部以上の幹部については国庫支出、巡査は県費支出となって費用の面でも全国的な基準が確立した。また第一から第八までの警察出張所を統括するために金沢博労町《ばくろまち》の県庁内に設けられていた第一警察出張所が石川県警察本部となり、第一警察出張所をも兼ねる体制が生まれた。このことにより、石川県内の地方警察組織が完備されたのである。

金沢の士族たちは、旧態依然の藩士階級を廃絶して、一人ひとり自活への道に進ませようとした新政府の方針に従い、戊辰の戦の終了後に多くが選んだ職業のひとつが警察官であった。かれらは、二年近くに及んだ幕府軍掃討のための出撃から帰国したものの、以前の家禄《かろく》が大幅に削減され、わずかな公債の利子だけで暮らすしか道が無かった。そのため、多くの旧藩士は巡査や軍人、そして地方官庁の職員となって糊口《ここう》を凌《しの》いだ。

だが、島田たちの結社に好都合だったのは、かれら警察官や軍人たちが一般人より早く政府の指令を入手できる立場にあったことだ。今度の鹿児島の動きもいずれ寺垣によって詳しく報告されるはずだろう。

「職務の途中ですので、わたしはこれで失礼いたします。出張所に戻る前に、どなたかに会合のことを伝えますが」

「ならば、杉本《すぎもと》君に緊急の集まりを三光寺で開くことを伝えてくれませんか」

杉本乙菊《おとぎく》は長連豪《ちょうつらひで》とともに島田にとって頼りになる古くからの同志だ。杉本は禄二百石の藩士の家に生まれ、今、二十九歳である。

「わかりました」

力強く頷くと、寺垣は、そのまま玄関から雪道を去った。

——時が来たか……。

島田は腕組みをしたまま呟いた。

西郷への敬愛の思いは同志の誰もが抱いていた。島田自身、西郷が政府の外交方針に異を唱えて下野《げや》して以来、いずれこの日が来ることはわかっていた。下野した西郷との交流もここ数年続いており、何人かは鹿児島を訪れていた。

長連豪もその一人で私学校の桐野利秋ら幹部との面会のため、鹿児島に二度赴いている。最初は明治七年五月から八年一月にかけて、さらに昨年四月から十月までという長期の滞在であった。

島田とともに三光寺派の結成に参加した長は二十二歳という若さだ。金沢藩の家老職に繋《つな》がる家の出であり、足軽の身分であった島田とは較べようもない家格であった。だが、早くから政府の士族への無慈悲な圧迫策に対して同志の中で最も憤りを抱いている男である。

武士としての身分上の大きな差はありながらも、島田は自分を組織の要として全幅の信頼をおいてくれる長に常日頃から感謝していた。その長も真っ先に三光寺に駆けつけて来るだろう。

しかし、杉本や長など幹部を含めて島田たち三光寺派は金沢士族全体の中ではまだ少数派である。鹿児島の西郷らの決起に呼応できる体制を早急に作らねばならない。

明治七年末に島田ら金沢の士族が集まり、家禄没収による生活難を訴えるための組織が結成された。その名を忠告社《ちゅうこくしゃ》とした。

維新以来、政府が士族を経済的に援助しようと企てた公債発行による政策はきわめて不十分なものであった。家禄奉還者に対して、家禄の半分は現金、半分は公債で支払うなどを骨子とした秩禄《ちつろく》公債は、政府の財政難で昨年八月に打ち切られた。それに代わって公布された金禄公債は五年間の据え置き後、十年にわたってわずかな利子が毎年支払われ、元金がすべて戻るのがその後という士族にとって苛酷な制度であった。

全国三十一万人とされる士族たちの中でも、一万六千人の多数を占める金沢・大聖寺藩士たちの待遇改善を求める要求には激しいものがあった。

こうした両藩の士族の不満の声を県政に訴えようとして結成されたのが忠告社であった。島田自身、結成の発起人のひとりであったが、活動を続ける内に島田は他の幹部たちのあまりに穏健な方針、つまり些細な事業による士族授産事業の経済的な支援策のみを県指導部に訴える微温的な態度に反発を憶えるようになった。島田は、長とともに実力を行使しても要求を貫徹しようとする同志たちを糾合《きゅうごう》せねばならぬと決意した。

そこで、ついに主流派と袂《たもと》を分かち、島田自らが盟主となって、分派である三光寺派の結成に踏み切ったのであった。

その数はおよそ百人、主流派からは「過激な危険分子」と思われる組織であったが、島田らは経済的な扶助を求めるだけの主流派の「物乞い」の姿勢には我慢ならなかった。このままでは、薩長藩閥政府によって虫けらのように遺棄されて死滅させられる自分たち士族が政府に一矢報いる策を求めねばならないと思うようになっていた。

島田自身にしても、幕末維新時に生命を賭して藩のために戦ったという自負心がある。

嘉永元年（一八四八）、金沢藩大組頭の長男として生まれた島田は、幼い頃から負けず嫌いで、剣術は無論のこと、藩の洋式兵術練習所である壮猶館《そうゆうかん》で砲術を修得した。かれが実戦に参加したのは、戊辰の戦であった。幕末の一時期、尊王派が大勢を占めていた藩論であったが、禁門の変が起こるやいなや佐幕派が台頭して、尊王派が断罪され一掃された。

そのため鳥羽伏見の戦が勃発するや幕府救援の兵が金沢を出発した。その頃、島田は京都の守衛隊に属していたが、小松まで進軍した金沢兵は、鳥羽伏見の戦で幕府軍が敗退という知らせを受けて、急遽《きゅうきょ》、金沢に戻った。まさに危うい出兵であった。以後、藩主前田慶寧《よしやす》は恭順の意を示し、政府軍の一員として北陸戦線に参加、その先陣を務めた。島田も北陸や東北の戦に加わり、明治二年に東京守備兵として数ヶ月東京に滞在した。やがて、金沢に戻った島田は戦場での勇敢な働きも認められて、明治四年には準中尉まで昇進した。だが、廃藩置県で藩兵としての身分は消えた。

その後、島田は、軍人としての出世を目論み上京し、兵学を学ぶために陸軍士官の塾に入った。

そして明治六年、参議西郷隆盛が征韓論に敗れて帰国すると、西郷を見捨てた大久保利通ら政府首脳への反発から公職を捨てて桐野利秋たち多くの薩摩出身の兵が帰郷した。その行動を知るやいなや、島田もまた政府軍の一員となる夢を断ち切り、憤然として故郷金沢に戻ったのであった。

――いかに鹿児島と呼応して立ち上がるか。

体全体に熱い血が駆け巡る。

――この瞬間にも熊本鎮台の政府軍に攻撃を仕掛けている西郷たち私学校の兵がいる。

一刻も早くかれらとともに銃を取る方策を立てねばならぬ。

小降りになった雪空を見上げながら、島田は外出の身支度を始めた。


島田らが拠点としている三光寺は、金沢城の西南を流れる犀川《さいがわ》近くに位置している寺町の一角にある。そこは士族というだけで確かな収入もない島田たちを援助してくれていた藩の元御用商人の世話で借りられた場所であった。

寺に着いたのは、午後三時を過ぎた頃だ。重苦しい曇り空である。

肥《ふと》った体に羽織袴を身に着け、厚手の外套《がいとう》を羽織って着ていたものの、人気《ひとけ》の無い寺内は寒気に包まれていた。

庫裏《くり》の中には、法事などの集まりに必要な部屋がいくつかある。その中の小部屋を結社の本部とし、会合の場合は住職の許しを得て本堂を使わせてもらっていた。

島田が本堂裏の戸口に入ると、杉本と長が駆け寄ってきた。二人とも顔を紅潮させている。私学校生徒とともに西郷自身が重い腰を上げたことに血をたぎらせているのだろう。

「来ましたな、ついに」

島田が座るやいなや、杉本が叫んだ。

「大声を出さないようにしませんか」

杉本を制したのは、年下の長だった。

「寺に迷惑がかかる。いつもどおりの会合ということにせねばならん」

島田もまた口を添えた。

杉本は不満げな表情で頷いた。

「島田殿、事態が事態だけにここへの参集は限られた人数といたしました」

三人は車座になると、長が言った。

「それがいい」

島田は長の配慮がうれしかった。先ずは、秘密を保持できる確かな同志だけで今後の方策を練ることが肝要だ。

「われわれ以外に、脇田《わきた》殿も呼んでおります。いざとなれば、この四人で他の者を動かせばよいのではありませんか」

長は確信をこめて島田に言った。

たしかに、今は慎重に事を図らねばならない。九州鹿児島と遠く離れたこの金沢でどのように動けばよいか、島田にしても判断がつきかねていた。しかし、このまま見過ごしていいのか、島田は二人の顔を見つめた。かれらとしても同じ思いではないかと判断した。

「陸《くが》先生はどうしますか」

と、長が島田に訊いた。

「まだ早い。それに今、陸先生は金沢におらぬ」

島田たちに鹿児島の桐野たちの政府糾弾の動きを伝えたのは陸義猶《よしなお》である。

陸は天保十四年生まれで四十三歳、藩内では有名な漢学者であり、維新直後に藩から依頼を受けて全国を回り、鹿児島で西郷は無論のこと桐野利秋や篠原国幹らとの交流を深めていた。その陸は今、東京での愛国社《あいこくしゃ》結成大会に出席するため金沢を留守にしていた。

愛国社は、板垣退助《いたがきたいすけ》や片岡健吉《かたおかけんきち》らが民権運動を起した土佐の立志社《りっししゃ》の流れをくんで、明治八年に大阪で結成された上級士族たちの結社であった。

　今、東京にいる陸には、西郷たちの決起の報が届いていないかも知れない。だが、それを知れば、必ず島田らの決起に力を貸してくれるだろう。かつて陸は、忠告社の結成に賛同して副社長となったが、島田らの忠告社離脱に反対し、忠告社幹部との和解を図ったこともある人物だ。

　西郷らの決起に賛同しているとは思いながら、島田は今の今、陸を表に引き出すのは得策ではないと判断していた。いずれ決定的な時点で役割を果たしてもらえるのではないかと、長に告げた。

「遠い……あまりに遠い」

　自ら用意した街道絵図を眺めて、杉本は言った。

　すると、鹿児島で桐野たちに会っている長が頷いた。

「西郷殿の決起に呼応するのは鹿児島の兵だけとは限りません。わたしが思うに、日向《ひゅ》、肥後《ひご》の士族たちも必ず加わり、その勢いは力強いものとなります。まさに、九州全域のわれらのような士族が立ち上がるでしょう。鎮圧されたとはいえ、熊本の神風連《しんぷうれん》の生き残り、さらに薩摩と境を接する日向からも兵が加わるのは必定です」

「それに、土佐の兵も呼応するやも知れぬな」

付け加えるように、杉本が付け加えた。

長が同意を求めるように島田を睨んだ。

しかし、島田はすぐに賛意を示すのを避けた。同志の数は百人とは言え、すべてが長のような果断実行の男ばかりではない。必ず多くの落伍者が出る筈だ。それに人数が揃ったとしても、どのような方策を立てて、鹿児島の兵に呼応できるのか。

三人はしばらく黙ったままだった。

その時、部屋に慌しく入ってきた男がいた。男は溶けた雪のしずくを肩先に載せたままだ。

「脇田か」

「遅れてすみませぬ。道が思いの外ぬかるんでいましてな」

脇田巧一《こういち》は嘉永三年（一八五〇）生まれで、二十九歳になる。三百石の加賀藩士の子として育った。脇田が島田たちの三光寺派に近づいたのは、かれが金沢の変則中等学校の職員であった時だ。

変則学校は、明治五年の学制公布で生れた文部省傘下の「正則中等学校」とは異なり、外国語や医学などを専門的に学ぶ学校であった。この学校に生徒として入学した三光寺派の松田克之《まつだかつゆき》と親しくなった。また松田を通じて長とも親しくなり、脇田は熱烈な西郷崇拝者となっていた。

脇田は今までの議論を杉本から聞くと、杉本を強くたしなめた。

「物見遊山の旅ではない。百人もの兵の出撃だ。警察や連隊に動きを覚《さと》らせないようにどう金沢を発つのだ。三々五々、秘かに町を出ねばならぬ。どこで一同が落ち合うのだ」

脇田は、矢継ぎ早に杉本に問いかけた。

「それはまだ……。何とか慎重に策を立てればと思っているが」

「甘いな。戦への出陣だぞ。軽く考えるな」

厳しい顔つきで、脇田は長を睨んだ。

――あの時も……。

島田はふと思った。

去年十月二十四日、熊本で決起した二百余名の士族たちが県庁と鎮台を襲い、種田《たねだ》政明《まさあき》鎮台司令長官と県令安岡良亮《やすおかよしすけ》を襲い殺害、さらに四人の県庁職員を殺したものの、すぐに鎮台兵によって鎮圧された。同じ十月の二十七日、福岡県の秋月藩の士族四百人が熊本に呼応して出陣した。だが、鎮台兵が鎮圧に向うと、豊前《ぶぜん》・小倉《こくら》に走り、同地の士族の血気を促したが成功せず、またたく間に鎮圧の憂き目にあった。

さらに翌日の二十八日、萩の前参議前原一誠《まえばらいっせい》が二百余人の萩藩士族と決起した。直ちに出動した広島の政府軍は前原軍を壊滅させた。前原は出雲《いずも》まで逃れたが、捕らわれて十二月三日に斬首刑となった。すべて、四年前の徴兵令発布以来、訓練に訓練を重ねてきた政府軍の力を見せつけた一連の鎮圧作戦であった。

島田たち三光寺派は、その時、次々と知らされる政府軍の圧勝を無念の思いで聞かされるばかりであった。

「今度は違う。鹿児島の一万余の兵が動いたのだ。何とかせねば」

脇田に強くたしなめられた杉本が口惜しそうに呟いた。

「わかった。われわれとて座視できぬ事態だ」

今まで黙っていた島田がようやく口を開いた。

「われらだけで事を起こすのは難事だ。他の結社にも呼びかけることとする。とにかく忠告社とも話をつけねばならぬ」

同席していた男たちは一斉に頷いた。

三月四日朝、島田と長たちの呼びかけに応じて、忠告社を中心とした金沢の士族たちの会合が長町《ながまち》一番丁の屋敷で開かれた。

その家は島田たち三光寺派に属する水越正令《みずこししょうれい》の住居である。水越はかつての藩主前田利嗣《としつぐ》の小姓職であった。屋敷のある長町は浅野川《あさのがわ》と大野庄《おおのしょう》用水に囲まれた一帯で南から北まで一番から八番まで分かれており、幕政時代には中級の藩士たちが多く住居を構えていた。

集まりには、金沢士族の多くが属する忠告社の石川九郎《いしかわくろう》と富田信貫《とみたしんかん》、さらに島田や長らの三光寺派と同様に忠告社の穏便な方針に反発して分派となった常徳寺《じょうとくじ》派の沢口《さわぐち》期一《ぎいち》と板賀義利《いたがよしとし》、また独自に政府糾弾の動きを見せている浅野《あさの》町組から遠藤秀景《えんどうしゅうけい》と大《おお》矢涼《やりょう》が参加していた。

「先ず、島田殿から作戦のあらましを伺おう」

忠告社の石川九郎が呼びかけ人である島田に尋ねた。その皮肉たっぷりの顔つきから、島田はすでにかれが最初から挙兵に反対であると察した。だが、他の参加者もいる。ここでひるむわけにはいかない。

「京に兵を進める」

島田は、声を大きく張った。

「ほう……。京へとな」

石川が一瞬、戸惑ったような表情を見せた。遠く離れた鹿児島や熊本でなく京都への進軍など思いもよらなかったのだろう。

この策は、島田と長が杉本や脇田とともに入念に練り上げたものだ。

最初、長が提起したのは、庄内《しょうない》藩の士族たちとの連携作戦であった。戊辰の戦の際、最後まで官軍と抗した庄内藩の行動に敵意を持つことなく、その武士道に敬意を払った官軍の指揮者西郷は降伏した庄内藩への厳しい報復措置を避けた。戦後の処分は当主酒井《さかい》忠篤《ただずみ》に対して十七万石から五万石の減封に留めた。この処置に、西郷の進言が大きく関わっていたことを知り、庄内藩の士族たちの西郷への敬愛心は深まった。庄内藩に多くの知り合いがあった長が先ず、その連携を提起したのだった。だが、島田は即座に否と断じた。この機に及んで、他藩の士との連携など考えもしないことであり、金沢の者たちのみで事を起こすとしたのである。

「では、詳細はわたくしから」

隣に座っていた長が静かに話し始めた。

「山県らの政府軍は陸軍、海軍とも熊本鎮台に向って進んでおります。今や、京は無防備の町と化しております。ここを押さえて、天下の志士に決起を促がせば、西郷殿の進軍を強力に支えることになりはしないでしょうか」

忠告社の石川もしばらく声を発しなかった。石川を始め、集まった士族たちすべてが金沢から京都への道筋を思い描いているかのように沈黙を保った。

しばらくして、常徳寺派の沢口が、

「なかなかの策と思われる。九州への道のりを考え、さらに本腰を上げて西郷軍に加勢する人数が百人を超すかどうかわからぬ時、京を制圧することで、薩摩軍を援護できるかも知れませぬな」

と、長に賛意を示した。

「たしかにその戦術には一理ある」

浅野町組の遠藤が頷いた。

「まさに暴挙」

しかし、忠告社の石川がようやく口を開いた。

「何だ、その言い様は」

長より先に、島田が石川に向って眼を光らせた。

「九州まで進軍するより道は容易《たやす》いが、それに何の意味がある。愚策だ」

「石川殿、それはあまりのいい様」

顔を紅潮させて、島田が石川に詰め寄った。

「家を焼かれた京の町衆はどうなる。今までどれほど、京が戦乱の巷《ちまた》になったか、考えておらぬのか」

次第に、石川は落ち着きを取り戻していった。

「丁度、よい機会だ。そもそも、われらが忠告社を立ち上げたのは何故だ。千人を超える同志たちが呼応し、相互扶助の精神で暮らしの向上を求めたのではなかったか。かつてのように刀や銃で世を変える時は過ぎ去ったのだ。桐野たちが挙兵にいかなる理屈を掲げようと、それは無意味な企てにすぎぬ」

「石川殿、あなたはわたしと同様、鹿児島に行き桐野利秋殿に会われているではありませぬか。その折、桐野殿を含めた私学校の武士道に心打たれたと申されたではないか」

と、長が反論した。

「そうだ、石川殿。貴殿はたしかに西郷殿と桐野殿を敬愛しているのではないか」

島田は、石川九郎が私学校の桐野利秋の人物を尊敬し、忠告社の会合でたびたび吹聴していたことを指摘した。

「それはそれ、これはこれだ」

石川は昂然《こうぜん》と長の言葉を一蹴した。

「島田君たちは、鹿児島の決起が成功すると本当に思っているのか。拙者はそう思えんのだ。国中の連隊から続々と九州に向っているというではないか。間もなく金沢の連隊も出動すると聞いている。たしかに鹿児島だけでなく、九州一円の士族も加わると見るが、所詮、勝ち目はない。大局を見ずしての軽挙妄動《もうどう》がどれほど危ういものか、考えたことがあるのか」

その強い口調が座敷に響きわたると、しばらく誰もが口を開こうとしなかった。

――難物だ……

島田は、顔を紅潮させて座を見渡している石川から視線を外した。

時折、西郷の偉業を口にし、征韓論の正しさを言い募っていた石川を知っていたことから、この席に呼んだのだ。この機に及んで、自分らの必死の思いを受け止めずにいる石川が憎い。だが、他派の男たちもいる。かれらの真意を聞き出すことも必要ではないか。

島田の気持ちを察したのか、長が常徳寺派の沢口と浅野町組の遠藤に問いかけた。

「お二人は如何に思量されておられるのですか」

丁寧な語り口だ。家老身分の家柄に列する長だが、結社での身の処し方をわきまえた言動をとる。時として激し、他を見下す癖のある自分をかばう様に動く長に、島田は圧倒させられることがしばしばだった。

「島田殿たちの決起は決して無駄ではない。ここで怯《ひる》めば、すべて岩倉や大久保の思うがままだ」

と、沢口が発言した。

「このままでよいわけは無い」

浅野町組の遠藤も頷いた。

「それは心強い」

島田を見つめながら、長は言った。

だが、石川は動じることなく、両眼を閉じたままだ。

「石川殿、お二人はこう申されているが」

長が問いかけても、石川は全く動じることはなかった。

「しかし、ひとつ、事を起こす前に調べねばならぬ事がありはしないか」

沢口が長に言った。

「それは、今の京の有様がどのようになっているかだ。金沢にいるだけでは戦術も立てられぬ」

「たしかに、京の情勢を早く知らねばならん」

島田は即座に賛同した。長も大きく頷いた。

「これで失礼する」

突然、石川が立ち上がろうとした。

「島田殿、ご心配には及ばぬ。決して口外することはない。だが、これだけは言っておく。慎重にな、くれぐれも志を同じくする者だけを選ばねばな」

「石川殿、考え直して戴けぬか」

あえて、島田は石川に言った。

「思いは変わらぬ。われら忠告社は地道だが条理を尽くして、われら士族の暮らしの道を取り計らってもらうよう、県当局に訴えていくのだ。現にわれら忠告社の請願により、製糸工場も出来るというではないか。必ずやわれらの結社の働きが一万余の暮らしを支えることになるのだ。軽はずみな動きはわれら全体に害を及ぼすのがわからぬか」

だが、島田はひるまなかった。

「石川殿はわずかな公債で片をつけて、われらを見殺しにする政府や県に物乞いをしてまで生きるのは恥と思いませぬか」

「無論、金禄公債が不十分なものとはわかっている。だが、大久保内務卿は内務省に授産局を設置し、全国各地の開墾や工場に資金を提供し士族の暮らしに腐心しておる。それらの事業を否とするだけがわれらの道か。これを新しい世に生きる糧《かて》とせねばならぬのだ」

「わかりませぬ。あの公債など、政府がわれら士族に突きつけた絶縁状ではありませぬか」

「義憤だけで命を粗末にするのか。愚かしい」

「お情けだけで生きることが武士の道でしょうか」

「違う。世の移ろいをしかと見定めて、万民の暮らしをともに豊かにするのが武士の道だ」

「……。われらにあれだけ西郷殿の偉大さを説いた貴殿が……。臆病になられたものだ」

「もういい、くどい。貴公たちのように剣や銃を取らぬ。それだけだ」

素早く立ち上がって、石川はその場を離れた。

白けた座を取り繕おうと、

「あれはあれでいい。それなりに考えた末のことだろう」

と、常徳寺派の沢口がつぶやいた。

――やはり、無理だったか。

島田は顔を歪《ゆが》めて、隣の長を見据えた。

「仕方ありませぬ」

長も無念そうに顔をしかめた。

「去る者は去ればいい。だが、われらも思考せねばならぬことがある。闇雲に京へ押し出していいかどうかだ」

沢口の提言は、島田にとって意味のあることだ。長もそれを感じ取ったらしい。

島田たちは、それから方策を練った末、直ちに京都の動静を把握するために、探索者を派遣することに決した。この間、殆《ほと》んど言葉を発せずにいた浅野町組の遠藤だったが、沢口の提起にあえて反対しなかった。

選ばれたのは、会合の場を提供した三光寺派の水越正令と常徳寺派の沢口期一である。

長く藩主の小姓を勤めていた水越は、たまたま京に滞在中の前田利嗣のご機嫌伺いに友人と一緒に出向くという理由をつけて直ちに沢口とともに金沢を発った。

翌々日、島田は長とともに、浅野町組の遠藤秀景を招いた。

前回の会合では、京都での蜂起に対して、諾か否か、はっきりとした考えを述べなかった遠藤の真意を確かめたかったのだ。日頃から、遠藤らは石川たち忠告社に反目していたが、島田たちとも一線を画していた。しかし、忠告社が動こうとしないならば、何とかして遠藤らの組織と結びつかねばならなかった。会合の申し出を断るかも知れないと思いもしたが、遠藤は素直に応じてきた。

朝から小雪の舞う天候で、浅野川沿いの寺町一帯は静まり返っていた。時折、墓参りに来る町民は見かけたが、寺に集う島田たちの姿を気にする様子は無かった。

遠藤の住む浅野本町は金沢城から北に二里（約八キロ）とかなりの道のりだった。そして城から浅野川を越えた寺町の三光寺までほぼ同じ二里、合せて四里の道を、遠藤は一昨日同様、苦も無く歩いてきた。かなりの健脚の男だ。

遠藤は平然とした顔つきでやって来た。

「遠藤殿、よくぞ来て下さった。礼を申し上げる」

島田は丁重に遠藤を出迎えた。

その日の段取りをつけてくれた長も深々と頭を下げた。

「挨拶など抜きだ。ご用件を伺いたい。やはり京行きの件でござるか」

長髪をかき上げながら、赤黒い顔をふたりに向けた。

「無論でござる。石川殿の忠告社が加わらぬとした場合、われらが頼りにするのは京都に発った沢口殿しかいない。まだまだ人数が足りませぬ」

「……」

遠藤はしばらく黙ったまま眼を閉じた。

「いかがでござるか」

再度、島田は尋ねた。

「九州でなく京を攻める。貴公たちの策、なかなかのものと見た」

「ならば……」

長が迫った。

「だが、ただ、火付けで京を混乱させるだけではないか」

「いや、それだけではありませぬ。この報が国中に伝われば、政府への攻撃を厭《いと》わぬ志士の決起を促がすことになるのではないか」

「それだけでござるか。それはまさに火付け強盗の真似事だ」

吐き捨てるように、遠藤が言った。

「何を言われる」

怒りに満ちた表情で、島田は遠藤に詰め寄った。だが、遠藤はひるむことなく言った。

「愚策とは思わぬか。維新前、薩摩の意を受けて、江戸で火を放った浪人どものやり口だ。あの折は、すでに薩長の連合が出来上がっており、幕府打倒の体制もほぼ出来上がっていたではないか。今はどうだ。その態勢にない」

遠藤は次第に語気が荒くなってきた。

「それほど言うなら、貴公たちの策は何だ」

島田が切り返すと、

「いずれ、わかる」

と、遠藤は薄笑いを浮かべた。

「それはあまりに卑怯ではないか」

「いや、今は言えぬ」

「何故に？」

「漏れては事を仕損じるからだ」

「われらが漏らすと？」

「そうは思わぬ。だからこそ、ここまで出向いてきたのだ。忠告社の石川や富田のような腰抜けではないと信じたからだ。だが、火を付けるだけではな」

「それは違う。京へ放った同志たちがより細かな情報をもたらす筈だ。今や政府の多くの要人が岩倉を除いて京、大阪にいる。大久保、木戸、伊藤たちだ。かれらを震撼《しんかん》させることで、一日でも戦況を変えられるのだ」

島田は必死だった。遠藤を頭とする浅野町組には藤井《ふじい》雅正《がしょう》や山口信定《やまぐちのぶさだ》ら豪腕の男たちがいる。かれらが総勢百人を率いて加わってくれれば、九州と同じ様な本格的な戦にもなるのだ。

「貴公たちの思いはわかった。藤井とも話してみる。だが……」

と、遠藤は言い澱《よど》んだ。

「われらの中には貴公たちを嫌っている者が多くてな。今日、ここへ来るのも良しとしない同志がいる」

たしかに、今まで剣と銃のみを頼りにし、武闘路線を公言し続けてきた自分への風当たりは決して優しいものではない。妥協派の忠告社幹部以外にも大勢の批判者がいる。だが、同じ様に銃剣を厭わず立ち上がる筈と思っていた浅野町組にも、自分に対して嫌悪感を抱いている分子がいることが口惜しかった。

四月に入って間もなく、待ちに待っていた忠告社副社主の陸義猶が金沢に戻ってきた。

早速、島田は長を連れて、陸に会いに行った。

陸によると、東京で私学校兵の挙兵を知って、秘かに鹿児島に渡ろうとして船便で大阪に向った。だが、大阪から西に向う瀬戸内海の船便は軍用のみとなり、一般客の乗船は認められなかったという。

帰還した陸に、島田と長は忠告社の幹部たちへの説得を依頼した。だが、その試みはすべて失敗に帰した。

――大久保や伊藤のような権力の亡者どもが跋扈《ばっこ》する政府に異を唱える西郷殿たちこそ、まさに世の救済者だ。社全体を動かすことは出来ずとも、わたしは貴公たちと心を一にする。

陸が漏らした義憤の言葉に、島田と長もまた熱く心を燃え立たせた。

たとえ少数であっても、必ず政府糾弾の狼煙《のろし》を上げると、島田と長は誓い合った。

待ちに待った沢口期一と水越正令の京都からの帰還は、月の終わりであった。

ふたりは夕刻、金沢に入るやいなや、その足で結社のある三光寺に姿を現した。髪も髭《ひげ》も伸び放題で、青白い顔は頬もこけていた。

——やはり……。

口惜しそうに漏らす二人の報告に、島田は大きく頷いた。

政府側の対応はあまりに迅速であった。

京都に入り宿を取って、街中を歩き始めたその瞬間、宿から付けてきたらしい五人の警官に誰何《すいか》されたという。この時期、京都の宿に士族らしき風体の男が泊まると、すぐに京都警察署に届けるようにという通達が京都全域に出されていたようだ。

「身分、姓名、出身県と、連日問い詰められましたが、断固、黙秘いたしました。拷《ごう》問《もん》めいた行為に及ぶこともありましたが、京見物と言い続けました」

水越は隣に座っていた沢口を見つめながら言った。

「それほど……」

同席していた長と杉本が顔を合わせて漏らした。

「噂では、御所近くに征討本部の事務局が置かれて、大久保内務卿が指揮を執っているとのことです。さらに神戸には陸海軍の征討のための事務局が設置されており、日々、電信で熊本鎮台や他の地域と連絡を取り合っているというのです」

京都から出てすぐに大津《おおつ》宿の茶店で、警備にあたっていた警官が漏らしたと、沢口が話した。

「それに加えて、警官は気楽に『さすが熊本城は名城よ』とうそぶき、西郷軍の攻撃に屈せず、有栖川宮総督が城内に入ったとも申しておりましたが、本当でしょうか」

口惜しそうに、沢口が島田に言った。

「嘘ではないと思うが……」

島田はそうしか言いようがなかった。金沢警察の寺垣警部からの知らせも同じ様なものだったからだ。熊本を始め九州各地から参戦した士族隊で二万余に膨れ上がった西郷軍でも熊本城を占拠することが出来なかったらしい。さらに、寺垣からの情報では、今月五日、東京の警視本署からの要請を受けて、県当局が従軍志願者を募ったところ、石川県から千十三人の巡査が志願したというのだ。金沢の連隊を始め、全国各地の連隊兵に加えて警察官部隊である新撰旅団が全国から九州に向っているらしい。かれらの戦闘意識は軍隊以上に意気が高いと、警察官の統帥《とうすい》である川路利良が誉めそやしているという。

「このままでは？」

水越が不安げに言った。

「まだまだだ。心配するな」

島田は肩をそびやかした。

「たしかにまだ打つ手はあります」

隣にいた長が言い添えた。

「わかりました……」

力なくつぶやいた水越を見て、島田はしばらく二人をそれぞれの家に戻らせて休ませねばと思った。

時刻はすでに八時を過ぎていた。

西郷軍蜂起の知らせからすでに二ヶ月が過ぎようとしていた。下宿から寺町に来る道すがら見る金沢城の木々も緑濃い葉陰を堀に落としていた。

忠告社との和解と挙兵の要請は、長の強い思いがあった。島田にしてみれば、元々、事なかれの物乞いの姿勢を続ける忠告社など当てにするつもりは無かったが、長は冷静に戦略を積み重ねて、京都への出兵準備には現地の探索が必要と、水越たちの派遣を強く主張したのであった。

その間、あまり進展しない挙兵の企てに、島田の苛立《いらだ》ちは激しくなり、長とも口論する事がしばしばであった。

京都における政府側の厳しい警備状況を知った以上、これからの方策をさらに積み上げねばならない。島田は、気を取り直して、長、杉本、さらに脇田ら幹部たちと議論を始めた。誰もが重く憂鬱《ゆううつ》な表情を浮かべていた。

その時、県庁の吏員《りいん》である同志の山田貢《やまだみつぐ》が思わぬ情報をもたらした。山田は十石取りの下級家臣であったが、学問に秀でており金沢県設置と同時に県の庶務課受託係に勤めており、県全体の動きをしばしば島田たちに伝えてくれていた。

「浅野町組らが妙な申請を県に出してきました」

それは、島田たちとの共闘を断った浅野町組の遠藤秀景らの動きであった。

「かれが県に申請？」

島田は即座に聞き返した。

「はい。県当局に対して、京都に設置された統制軍の大本営を守るために出動をしたいとのことです」

「馬鹿な。何を血迷ったのか、遠藤は」

絶句した島田は傍《かたわ》らの長を見た。長もまた困惑した顔つきだった。

山田によると、遠藤、大矢、山口ら浅野町組は士族広沢千麿《ひろさわちまろ》が率いる他の士族たちと連名で、県に出動の許可を求めたという。その数、およそ二百らしい。

「長君、どう思うか」

しばらく腕を組んで黙考していたが、

「謀略ですな、恐らく」

さりげなく、長は言った。

「まさに思案に思案を重ねての企てでしょう。実は、かれらが下中島町《しもなかじままち》の廣誓寺《こうせいじ》でしばしば会合を開いていることはわかっておりました」

「なるほど」

島田もまた従軍志願に名を借りての策略であり、京都に合法的な足がかりをつけておき、いざとなれば反旗を翻す目算だと断じた。

「それなりに考えたものだな」

杉本が感心したような口ぶりで言った。

「その申請はどうなったのか」

脇田が山田に聞くと、

「権令殿は即座に却下されました。浅野町組の動きは県当局に筒抜けの様子で、危険きわまる輩を京都に送るなど論外だとのことでした」

当然の処置と思ったが、島田は遠藤らもそれなりに政府への攻撃を諦めていないことを知り、安堵した。

――われらは……別の手段を講じねば。

島田は傍らの長に視線を向けた。

長は無言で島田を見つめ返した。

その表情に自分と同じ迷いが生じているのではないかと、島田は思った。

第三章　戦局決す

明治十年四月十六日、大阪の内閣出張所で、利通は熊本鎮台からの電信により、ついに政府軍が熊本城へ入城を果たし、西郷軍が頑強に守ってきた植木《うえき》・木留《きとめ》方面から撤退して木山《きやま》方面に向ったことを知った。

開戦からおよそ二ヶ月経過してついに熊本城の防衛に成功したことに、利通は安堵した。

開戦直後の二月十八日、利通は征討陸海軍の指揮を京都で執るのは不便として、大阪に内閣出張所を設けていた。この時、利通とともに内閣出張所にいたのは、内閣顧問の木戸孝允と参議の伊藤博文であった。西郷軍の熊本からの撤退を知った天皇は使者を大阪に派遣して酒饌料《しゅせんりょう》を下賜《かし》された。

戦況の好転の兆しは鎮台の置かれた熊本城が西郷軍の猛攻にも決して屈しなかったことによるものであろう。

「大久保さん、これで熊本城は安泰ですな」

伊藤が満面の笑みを浮かべた。

「谷殿はよく頑張ってくれました」

熊本鎮台の司令長官である土佐藩出身の谷干城は、幕末の京都で利通や西郷とともに討幕工作を進めた男だ。戊辰の戦にも大きな軍功を挙げて早くから陸軍の屋台骨を支えてきた。

鎮台の置かれた熊本城は開戦直後の二月末から包囲され、城の西にある段山《だにやま》・花岡《はなおか》山《やま》から連日のように砲撃を受けつつも、鎮台兵は耐えに耐えた。

「かなりの砲弾が撃ち込まれたようですな」

利通は、西郷軍が熊本城に向けて大砲を放ったことを聞いていた。

「あの谷は豪傑ですな。逆に西郷軍に打ちかかったようです」

伊藤があたかもその場にいたかのように、城を巡る攻防戦を語った。

西郷軍の降伏勧告にも屈せず、谷干城は城内から一隊を段山に送り込み攻撃を敢行させた。利通は、谷が城を守り抜いたことの意味は大きいと思った。

さらに、熊本鎮台救援のために向った政府軍は北方の田原坂《たばるざか》に布陣した西郷軍と激しい戦闘を続けた。三月三日から始まったその戦は半月ほど続いたが、政府軍は多くの死傷者を出しながら十八日に突破し、さらに植木・木留へ兵を進めた。しかし、西郷軍の防備は固く、容易にその前線を突破できずに持久戦となった。

だが、四月に入り、政府軍の主力は進軍を開始、ついに四月十五日、参軍黒田清隆《くろだきよたか》が率いる別働旅団が熊本城に入城、翌々日の十七日、征討総督の有栖川宮熾仁親王が高瀬《たかせ》から城に入り、本営を城内に置いた。ここに名実ともに、熊本城周辺の奪還に成功したのだ。

「城内の食糧も尽きたというではありませんか」

伊藤の言葉を聞いて、利通は原因不明の出火で天守閣や多くの郭《くるわ》が全焼したことや、備蓄の食糧も乏しくなった状況を知れば知るほど谷たちの苦境を思い遣った。

「お上もこの事をお喜びになられまして、今朝の閲兵《えっぺい》も御自ら申されました」

京都から来た侍従によると、南北から熊本城に政府軍が入城したことが伝えられると、すぐに天皇が近衛兵の閲兵を見たいと言われたという。

十六日朝十時三十分、天皇は紫宸殿《ししんでん》に出御、皇宮守衛の名古屋鎮台騎兵らの操練を天覧し、さらに将校たちを学問所に招き酒や料理でもてなしたという。

利通は天皇がいかにこの熊本城の解放を喜ばれたかを察した。

それから四日後の四月二十日、利通は大阪に設けていた内閣出張所を廃止した。戦況の状況が好転していることもあったが、内閣首脳が京都、大阪に分かれている状況で戦闘指揮に統一を欠く事態が生じていた。そのため、利通たちは京都に戻り、現地からの状況報告を受けつつ、陸軍参謀局長の鳥尾に指示を与えることになった。


熊本城の包囲網を解いた西郷軍は、以後、頑強な前線を南の人吉一帯に築いた。予想外の激しい抵抗である。

現地からの電信によると、西郷軍は人吉城近くの寺に本営を置き周辺に二十キロという長い防衛線を築いており、十箇所以上の地点に陣地を構築したというのだ。熊本城からの全軍の撤退は、こうした次の作戦のための策だったのだ。

だが、政府軍はこれに対して、徹底的な攻撃作戦を展開し、二十日の早朝から西郷軍が布陣した全戦線へ攻撃を行った。

この作戦は戦の勝敗を決する大規模なものであった。西郷軍との戦闘に加わるのは、野津鎮雄《のづしずお》少将率いる第一旅団を筆頭に四旅団、さらに高島鞆之助《たかしまとものすけ》少将率いる別働第一旅団など八つの旅団であった。

そして、黒川通軌《くろかわみちのり》大佐の率いる別働第四旅団の一部は、すでに次の作戦地域になる可能性がある八代《やつしろ》に向っていた。

これらすべての旅団を合せると、政府軍は三万人に近い兵力になると、利通は見ていた。一方、密偵からの報告では、西郷軍の数は一万人を超えることなく、およそ八、九千人とのことだ。当初、二万人近い兵力で鹿児島を出発した西郷軍であったが、やはり田原坂や植木でかなりの死傷者が出たに違いない。

四月二十日午前五時に開始された戦闘は、政府軍の果敢な攻撃により、西郷軍の陣地が次々と陥落した。西郷軍にとって必勝を期した大作戦であったらしいが、装備や弾薬に勝る政府軍の物量作戦に圧倒されたのだろう。わずか二日間の戦闘で、西郷軍は撤退を余儀なくされ、本営を含む全部隊が南の人吉《ひとよし》に移動を開始した。

四月末とは言え、熊本平野から人吉に抜ける中央山地は厳寒の中にあり、険阻《けんそ》な峠道を越えての進軍はかなりの困難を極めたものと思われた。だが、西郷軍は困難を乗り越えて、四月二十七日に人吉に到着したと、八代の別働第四旅団からの連絡が入った。情報によると、西郷隆盛の本営も人吉に入り、政府軍との決戦に挑む態勢を整えているという。

「大久保さん、いよいよ最後の局面でしょう」

伊藤が一口茶を飲んだ後、さりげなく言った。

利通たちは、連日、小御所に集まり、熊本鎮台からの電信により戦況を確認していた。

「人吉の占領が可能となった時、勝負はつきますよ」

自信ありげな伊藤の口調だった。

「ならばいいが……」

額に皺《しわ》を寄せて、三条がつぶやく。

「人吉に集結した西郷軍の総兵力は支援の諸隊を含めても一万人足らずとのことです。かなりの脱走兵も出ていると思われますが」

利通の言葉に、三条は安堵したようだ。利通は、西郷軍の士気が衰え始めていることを感じ取っていた。だが、この人吉での戦はかなり手間取るものと見ていた。伊藤の言うように、まさに最後の組織的な抵抗になるだろう。現地の山県有朋参軍もそれに備え、八代の別働第四旅団を山田顕義《やまだあきよし》率いる第二旅団に統合し、司令官であった黒川大佐を参謀長に任命したとのことだった。

人吉は熊本県の最も南に位置する戦略上重要な町だ。鹿児島との県境に近い。伊藤の言うように、ここでの戦が今後の戦局のすべてを決すると、利通は改めて思った。

「今後は山田少将の働き如何にかかってきますな」

五月に入り、数日間の休息を取った後、山田顕義少将率いる別働第二旅団は、球磨《くま》平野に延びるいくつかの街道から順次人吉の西郷軍を攻略する作戦を立てた。

山田少将は長州藩出身で吉田松陰《よしだしょういん》の門下生で、旧知の間柄である。

利通は、同じ門下生の伊藤から、山田の戊辰の役での活躍ぶりをよく聞かされていた。

東北での戦から箱館の榎本武揚《えのもとたけあき》軍との戦まで、軍参謀として激しい戦闘を指揮した男だ。人吉攻略も短時間のうちの成功が望まれる。

「東京の岩倉のことだが……」

戦局の推移を聞いた後で、三条がふと顔を曇らした。

「やはり、決断せねばなりませんな」

利通も気になっていたことだ。

それは、天皇および皇后、そして皇太后の京都滞在が長引いており、岩倉から先ず皇太后の還御を求める電信が執拗に届いていた。天皇一家の不在で、東京市内の気運が沈み込み、商況も不振の一途を辿っているという。征討本営の総指揮を執る天皇は今の時点で京都を離れる訳にはいかない。しかし、皇太后の還御を切に望むと、岩倉は伝えてきていたのだ。

「すぐに岩倉殿に電信で皇太后の還御をお伝えましょう」

三条は安心したように頷いた。

熊本城を守り抜き、西郷軍を南に追い詰めている戦況であり、戦の帰趨《きすう》が決まりつつあることを東京市民に伝えるためには、この還御が欠くべからざるものと思った。

木戸は「今の段階で還御となれば、各地で戦闘を継続している政府軍の士気に悪い影響を与える」と懸念したが、利通は自説を曲げなかった。

熊本城に入城した征討総督の有栖川宮から、「西郷軍の後退の理由は判然としないものの、かれらに残された策は人吉の防衛と薩摩日向の山間地への退却でしかない」との電信を受けていた。また、海軍を指揮する参軍川村純義も四月二十七日にすでに鹿児島に入り、有利な戦いを進めていることを力説し、木戸を納得させた。

五月二日午前十一時、利通と三条たちは熊本鎮台をめぐる戦闘の状況を詳しく知る機会を得た。それは、その朝、学問所で有栖川宮の使者として派遣された参謀の陸軍中佐静間健介《しずまけんすけ》の報告によってである。

「鎮台兵たちの苦難は想像を絶するものでした」

静間中佐は唇を震わせた。

静間中佐によると、籠城四十日になった時、城内のおよそ五千人にも上る県官吏、軍夫、兵らを賄《まかな》う食糧が不足し、城内の牛馬はもちろん、猫や鼠《ねずみ》の類《たぐい》まで手を伸ばしたという。これを案じた谷は、十重二十重《とえはたえ》に囲まれた城から、秘かに食糧の調達隊を派遣した。かれらは付近の村に入り込み大量の米を入手し、その後の籠城戦に耐えたとのことだった。

また、熊本城の北部にあたる一帯の戦闘で政府軍は一日三十二万二千百五十発の弾丸を消費し、また政府軍、西郷軍の双方合せて死傷者はおよそ七千五百人に達したと、静間中佐は報告した。

「熊本の町の様子はどうか」

利通が気になっていることであった。五十日余りの城攻めの砲撃の被害は熊本城ばかりではない。激しい砲撃や西郷軍の兵たちの出撃でかなりの被害が出ている筈だからだ。

「熊本城からの出火は、民家に延焼し、火事は翌日も続いたとのことです。城の展望に障害となる民家や倉庫に賊は次々と火を放ち、市街地の十分の九は焼けておりました」

静間は沈鬱の顔を向けた。

「やはり、電信の通りであったの」

三条が呟く。熊本市内の惨禍はすでに、黒田清隆からの電信で承知していたものの、改めて静間の報告で被害の甚大さを知ったようだ。

「大隈への指示はあれでいいか」

利通を見つめて、三条が聞いてきた。

「緊急の措置ということですので、大隈卿も納得しましたから」

利通が参議大蔵卿の大隈重信を東京から呼び出したのは、先月十五日、黒田清隆が熊本城へ入った直後のことだった。西郷軍の長らくの包囲で、市内の行政機能は停止し町は荒廃しているのではないかと思われた。

先月十九日にようやく入京した大隈と、三条や伊藤を含めての協議が続き、百五十万円を熊本県全体の賑恤《しんじゅつ》費として支出することに決した。そして、部下の内務少輔林友幸に一切を託して熊本に向わせた。

利通はすでに静間中佐の遠路の出張を労《ねぎら》う宴席を、事務局の鳥尾小弥太に命じて用

意させてある。静間が鳥尾とともに去った後、

「大分、金がかかりますな」

三条が不安そうに呟いた。利通もまた戦況の好転に安堵する間もなく、大隈が懸念する今後の軍事費の膨張が気になっていた。

開戦当初、山県有朋参軍が要求してきたのは、二十万円であった。政府年間予算の六千万円に較べればわずかな額である。この金額は松方正義大蔵大輔の差配によって大阪の大蔵省出張所から送金させた。しかし、これで収まるわけではない。戦闘地が南九州各地に広がっていき、弾薬や装備、また野営地の構築が重なってきた段階では百万円単位の額に達するはずだ。それをすべて政府紙幣の増刷で切り抜けることは不可能だ。国中に紙切れの札である政府紙幣が多量に出回れば、物価の高騰になるのは眼に見えている。新たな軍事費調達の手段を講じねばならない。

さらにまた、利通や三条にとって難題が待っていた。

それは、天皇の東京還御の一件である。

天皇の東京還御は五月十七日とすでにかなり前から決定していた。一月下旬からの天皇の京都滞在はすでに三ヶ月以上経過し、三条は長きにわたる京都滞在は、天皇にとって辛いのではと判断し、東京還御の準備を進めていた。利通もその意向に沿って

事を運ぶことにしていた。

だが、東京への船の手当てがなかなかつかない。何故なら、川村純義率いる軍の輸送に多くの艦船が鹿児島に集結していたためだ。三条は幾度も川村に対して艦船を神戸に回すように依頼した。だが、川村から何の音沙汰も無かった。しばらくして、川村の部下である大阪の臨時海軍事務局の仁礼景範《にれかげのり》から、川村の意見が伝えられた。川村によると、政府軍は鹿児島に入ったもののまだ全域を掌握していない、今の段階での還御は兵たちの士気にかかわるので延期を望むというものだった。この川村の訴えを仁礼が学問所で天皇に奏上し、さらに同様の訴えが現地の陸軍の総帥である山県からも奏上されて、ついに三条と利通は還御の延期を決定した。

さらに別の一件でも、利通や三条は重苦しい気分に襲われていた。

木戸の体調不良はかなり深刻なものとなっていた。元来、偏頭痛に襲われる体質とされていた木戸だが、病状が悪化し先月下旬からほとんど御所に出仕しなかった。

五月十九日、東京還御の延期を決めたその日、天皇は三条と宮内卿の徳大寺実則《とくだいじさねつね》とともに、京都上京上土手町《かみどてまち》の私邸に病身を横たえている木戸を見舞い、花瓶と盆栽三鉢を贈った。

その病状は肝臓の腫《は》れに血尿が加わり全身が衰弱していくもので、時折、激しい悪寒に襲われてうわ言を口走ると、侍医から聞かされていた。

そうした病状を案じ、天皇は侍医の池田謙斎《いけだけんさい》を九州の戦地から呼び戻し、侍医二人を日夜付き添わせて介護に当たらせた。また、文部省のお雇い外国人であるドイツ人シュルツエを東京より派遣させて診断させている。

だが、木戸の病状はさらに悪化し、ついに五月二十六日の午前六時三十分に死去した。

侍医たちの診断では、木戸の死の原因は胃腸に転移した悪性の腫《は》れ物とのことだった。

享年四十五。利通より三年遅れて萩に生まれ、ともに維新の大業を成し遂げた仲だ。付き添っていた侍医によると、木戸は最後の最後まで西郷軍との戦局を案じ続けていたという。

木戸の葬儀は、五月二十九日、木戸の屋敷および京都の高台寺《こうだいじ》の式場で行われた。天皇からの勅使鍋島直彬《なべしまなおよし》が派遣され、また儀仗《ぎじょう》兵として陸軍騎兵一小隊が斎場の警護に当った。

遺骸は、木戸の遺言で京都の東にある霊山《りょうぜん》に葬られた。

すべての仏事が済んだ後、利通は伊藤とともに木陰で暫《しばら》くの休息を取った。九州での激戦が続いていることなど嘘のような静けさである。

日頃多弁な伊藤が、今は唯《ただ》、京都の町並みを見つめるだけだ。

利通もあえて口を開こうとしなかった。

木戸にしてみれば、維新の大業は、盟友西郷の力が無ければ達成できなかったことは確かだ。攘夷という無謀な策を廃止し、ともに討幕の旗を掲げた西郷の離反は、木戸には耐えられなかったに違いない。

性格的には緻密《ちみつ》で神経質な面があり、利通や伊藤との意見の食い違いもあった。かつて米欧回覧の旅で欧州へと使節団が足を進めていた頃、西郷たちによる征韓論紛争による政府の混乱の報が利通たちに届いた。利通は急遽《きゅうきょ》、国内状況を案じて帰国したが、木戸はそのまま独自に欧州を巡歴し、帰国しても、西郷たちの意見に反対と告げながら重要な太政官での会議に加わらなかった。最終的には、天皇への直訴という手段で危機をすり抜けたが、利通にとって苦い思い出であった。

その後、木戸は利通による台湾出兵に強く反対し参議の職を辞して、京都の私邸に去った。

利通が西郷らの征韓論に異を唱えながら、一年後の明治七年、日本人漁民殺害を非として台湾征討の軍を現地に派遣したからである。

困惑した利通は、木戸と同じ長州藩出身の伊藤に木戸の復帰について斡旋《あっせん》を依頼し、年末の十二月二十六日に大阪に出向いた。そして翌年二月十六日までのおよそ四十日間、大阪の親友である五代友厚《ごだいともあつ》の屋敷に滞在して、木戸、そして元参議である板垣退助の政府復帰を画策した。

伊藤もまた翌年一月二十二日に大阪に来て、五代とともに戦略を練った。

「あの時ほど、大久保さんの囲碁好きが役に立つとは思いませんでしたよ」

たしかに伊藤の言う通りであった。政務一筋の暮らしを貫いてきた利通にとって唯一ひとつの趣味は薩摩藩士であった頃から親しんできた囲碁である。

利通は先ず木戸に大阪へ来てもらい、本題を言い出さずに五代の屋敷で碁盤を囲んだ。

囲碁が好きな木戸は、四日後の二十六日には自ら率先して、料亭三橋楼《さんきょうろう》で碁会を開き、利通や伊藤たちを招くほど打ち解けた態度を見せるようになった。利通は、木戸の自分に対するわだかまりが消え始めた頃を見計らって、伊藤や五代とともに政府復帰を懇願した。

その甲斐《かい》あって、政府機構の改革を条件に、木戸は参議として政府に復帰したのだ。

「でも、噂では、ご自身でも楽しまれていたようですね」

と、伊藤が苦笑した。これには、利通も抗弁できなかった。

事実、木戸や板垣との正式会談が整うまで、日中することが無い。

利通の無聊《ぶりょう》を慰めようと、たまたま大阪に出張中の陸軍中将兼開拓次官の黒田清隆、堺《さかい》県令の税所篤《さいしょあつし》、宮内少輔の吉井友実《よしいともざね》ら薩摩出身の男たちが続々と五代邸に集まって、利通と碁を打った。まさに五代邸は碁会所のような有様となった。

木戸が政府への復帰を承諾してくれるかどうか不安でありながらも、同郷の友たちと薩摩言葉で話しながらの囲碁は心休まるひと時であった。

同じ思いは、その二年前にも味わった事がある。

明治六年三月下旬、三条からの帰国要請を受け米欧回覧の旅を中止してドイツからフランスに戻った時、パリ郊外のセーヌ川沿いのレストランでパリ滞在中の薩摩藩士と昼食会を開いた。政府部内の混乱を懸念しながらも、若い後輩たちとの和やかな談笑の場であった。

結局、伊藤や五代の尽力で二月十一日に大阪北浜《きたはま》の料亭「花外楼《かがいろう》」で木戸、板垣の政府復帰が本決まりとなり、利通はようやく二月十六日に帰京した。

木戸が政府への復帰の条件としたのは、欧米諸国に似た立憲政体を模した政府機構であり、具体的には元老院と地方官会議、そして大審院の設置である。

元老院と地方官会議を将来の議会を念頭にした立法機構、さらに大審院を司法機構として政策の執行機関である太政官から独立したものとしてその専横《せんおう》を防ぐことを、木戸は構想していた。

利通は、その時、ほぼ自分の構想に近い木戸の条件を受け入れた。

その結果、この年の四月十四日、元老院・大審院を置き、地方官会議を開催して漸次立憲政体を立てるという趣旨の詔書が発せられたのである。

「それにしても、木戸殿がこの戦に賭けた思いは尋常ではなかったですね」

伊藤は利通の心中を察してか、話題を変えた。

利通は大きく頷き、若い頃からその端整な顔立ちを思い浮かべた。

──西郷、もうよさんか……。

伊藤は木戸が病の床で呟いたという言葉を思い出すように言った。利通もまた、遺言とも言える木戸の苛立ちがわかるような気がした。

まさに、それは利通自身の思いでもあったからだ。政府軍と西郷軍、双方とも多くの死傷者が出ている。西郷軍が今すぐ降伏さえしてくれれば、多くの兵士の命が助かるのだ。

利通は祈るような思いで西の空を見つめた。

隣の伊藤も同じ思いなのか、視線を西の空に向けていた。

六月一日、ようやく熊本県南部の城下町人吉が西郷軍の手から離れた。

現地からの報告では、政府軍の人吉占領より数日前、西郷隆盛の本営は、人吉から東に逃れて日向の小林《こばやし》に移ったとのことだった。

征討事務局に入った連絡によると、今後の主戦場は大分や日向の町や山間部になるという。そのために、すでに鹿児島から海路で別働旅団が日向に向う準備が整っているとのことだ。今後、西郷軍は複雑な国境の地形の利を利用して果敢な抵抗を試みるに違いない。

利通は、人吉占領の際、予期しなかった事態が発生したとの情報を得た。

それは、西郷軍の蜂起に呼応して生まれた人吉の士族たちの「人吉隊」が戦況の不振に絶望し、政府軍への投降を決定したことだ。投降した人吉隊の総勢は百三人、大部分がそのまま山田顕義少将の第二旅団第二中隊に編入され、日向戦線に政府軍の一員として参軍するという。

利通はこの事から、戦況が著しく好転していることを改めて知った。

一方、川路利良陸軍少将率いる別働第三旅団が鹿児島に向かっているという連絡が初めて入った。利通はこれを聞いて、川路が故郷鹿児島に複雑な心境のまま進軍しているのではと思いやった。西郷暗殺の目的で、部下の警察官を鹿児島に送り込んだと疑う鹿児島県民の憎悪に直面しつつの進軍となるからだ。だが、利通は川路がこれに耐えながら、鹿児島を拠点として日向攻略への新たな作戦を指揮することを願っていた。

西郷軍を豊後・日向に追い詰め、戦も最終段階に入ると思われていた矢先、三条や利通にとって財政的な難問が伸し掛かってきた。

六月も終わろうとする三十日、利通たちは、大蔵大輔の松方正義を御所の学問所で迎えた。

松方は利通と同じく薩摩藩士であり、天保六年（一八三五）生まれで利通より五つ若い。薩摩藩の長崎蔵屋敷詰めで維新を迎え、その後九州日田県令を経て大蔵省に迎えられた。決して人当りはうまくないが実直な性格で、大蔵卿の大隈とともに利通が信頼する財政通の男だ。

「われわれ大蔵省が図った策はどうしても認めないと、西郷殿が執拗に申されております」

松方は口惜しそうに苦境を利通たちに訴えた。

西郷とは、西郷隆盛の実弟従道《じゅうどう》のことである。豪放、闊達《かったつ》な性格で、異なる気質の利通にとって頼もしい軍人である。

兄隆盛の出陣の報を聞くとすべての官職を退き、目黒の別邸に引き籠もった。利通はすぐに従道を訪ねて説得し、辞職を思い止まらせた。

今や、西郷従道は大阪で行軍中の山県に代わって陸軍卿代理として軍事費や兵站《へいたん》の業務を引き受けていた。その陸軍卿代理の西郷が九州の戦地から戻ってきた陸軍会計監督の田中光顕《たなかみつあき》の報告を受けて、多額の臨時軍事費を要求してきた。

西郷の要求は、六月から九月までの臨時軍事費として合計千二百四十五万円を大阪の出納局《すいとう》に準備するようにとのことだった。その理由として、戦場の拡大、交通網の不便さから多くの軍夫を必要としていること、また多量の兵器弾薬を補給せねばならないことなどを伝えてきていた。さらに、要求している金額の八割近くを国立銀行券でなく政府紙幣である明治通宝札、もしくは金貨で調達しなくてはならないとした。

無論、大蔵卿の大隈も東京で、西郷の要求に対して、その対応を考えていた。政府紙幣の安易な増刷を避けたかった。そのため、可能な限り、政府が国立銀行券を借り入れることで軍事費を賄《まかな》う計画を立てた。

国立銀行券とは、従来の太政官札や明治通宝札のような政府が発行する政府紙幣でなく、民間の銀行が発行する紙幣である。明治五年十一月、政府は国立銀行条例を制定し、民間の企業活動を活発にするための金融機関として発足させた。各銀行は公債を大蔵省に抵当として預け、その額に応じて独自の銀行紙幣を発行できるとした。

だが、発行した銀行紙幣が金銀の正貨と交換できる兌換《だかん》券であったため、入手した銀行紙幣はすぐに金銀に交換されて、銀行の経営が厳しくなり、全国で営業が継続されたのはわずか四行に止まった。

この失敗から、大隈や松方は明治九年八月に兌換券でなくその資本金に応じた不換《ふかん》紙幣の発行を認めた。この改正により、今年三月から五月にかけて福島、高知、豊橋と各地で国立銀行が誕生していた。

こうした銀行設立の機運に応じて、松方たち大蔵省は、華族たちの出資による巨大な銀行、第十五国立銀行の設立を促がした。発起人のひとりとして岩倉右大臣を就任させて生まれたこの銀行の資本金は千七百八十万円強で、三井組などが明治六年に設立した第一国立銀行の資本金二百五十万円をはるかに凌《しの》ぐ銀行であった。

松方ら大蔵省は、次第に増加する戦争の軍事費をこの第十五銀行の銀行券で賄うつもりであった。何故なら、政府紙幣である明治通宝札を増刷すれば、必ず市中に出回る紙幣の均衡が崩れ、物価の騰貴を招くことが明らかであったからだ。利通と伊藤は無論、この策こそ、国内の経済状況を見据えての妙案と考えて大隈や松方との事前交渉も済んでいた。

だが、この銀行券による戦費調達に大きな障害が待っていた。第十五銀行券での軍事物資の調達に、商人たちが難色を示し、受け取りを拒否しているからだ。かれらが要求しているのは、明治五年以来発行してきた政府紙幣の明治通宝札であった。

「大久保殿、わかっていただけますでしょうか。この国立銀行券は岩倉様がこの戦のために華族たちと設立した第十五国立銀行の紙幣です。何としてでも、この紙幣を物資調達や兵員輸送の資金にしてもらわねば、鎮圧に成功しても国内の経済的混乱が起きるのは必定でございます」

松方は顔を紅潮させて利通に訴えた。

「わかる。君の危惧《きぐ》はわたしとしても同じだ」

と言って、利通は傍らの伊藤を見た。

伊藤もまた、欧米諸国の通貨状況を熟知しており、流通貨幣と物価との関わりが理解できていた。

利通には、政府紙幣である明治通宝札の安易な増刷は必ず物価騰貴を起こし、経済状況を混乱させることがわかっていたからだ。明治初年、戊辰戦争の軍事費を確保しようと、銅版刷りの太政官札を四千八百万両も刷り出したため、価値が下落し激しい物価の騰貴を招いたからだ。

「妥協案はありませんか」

伊藤の問いに、松方は顔を少し引きつらせた。

「今、大蔵省側のぎりぎりの選択は、これしかございません」

松方が利通たちに提示したのは、要求額の十分の六を明治通宝札、残りの十分の四は第十五銀行券で軍事費を賄うことであった。

五分の四を十分の四に変更するとは、八割の明治通宝札支給を半分に引き下げることだ。だが、四割に当る六百万円の増刷でも、市中に溢れる不換紙幣の流通高は膨大《ぼうだい》であろう。しかも、この案を、西郷たち陸軍幹部が呑むかどうかわからないのだ。

「何としてでも、陸軍側に認めさせねばなりません」

伊藤は力強く言った。

「ならば、お上に奏上して西郷を説得させてはどうか」

今まで黙っていた三条が口を開いた。

「いや、それはなりません。政府部内で解決すべき事であります」

利通の言葉に、三条は眼を伏せて頷いた。

「具体的な支給方法はどうなる」

さらに、利通は松方に訊ねた。

「九月まで毎月二百五十万円をその割合で、明治政府通宝札と国立銀行券で陸軍側に支給する算段を講じるつもりですが。これを何とか陸軍にも呑んでもらわねばと……」

松方は利通と伊藤の顔を見つめた。

「わかりました」

伊藤は自信ありげに言った。

「すぐに一緒に大阪に向かいましょう。この話は、わたしと一緒に西郷殿を説得しましょう」

やはり、この伊藤は……。

利通は伊藤の小才の利く姿に唸った。

松方は大蔵省の幹部とはいえ、参議の職にない。伊藤は工部卿ながら利通と同じ参議として、御所に設けられた征討本部の重責を担っている。松方とともに伊藤が政府の基本方針として大蔵省案を伝えれば、西郷ら陸軍側も納得せざるを得ない。

「よろしくお願いいたします」

　松方は嬉しそうに伊藤に頭を下げた。

「何ほどの事もございません。こういう事には慣れております」

　たしかに、伊藤との長い付き合いで、利通は物事を荒立てずに納めていく才を誰よりも認めていた。武人肌の西郷など、伊藤の巧みな弁舌に負けてしまうだろう。

　それから、松方が持参した明治十年度国家予算の概要を細かく検討し、西郷を説得する上での資料を利通たちは念入りに作成した。そのために、松方とともに吉原重俊《よしはらしげとし》租税局長と郷純造《ごうじゅんぞう》国債局長らの用意した資料を、利通たちは精査し、改めて、西郷の要求する額の大きさを思い知らされた。

　明治九年七月から執行している明治九年度の予算額はおよそ五千九百四十八万円であり、政府紙幣と銀行紙幣によって陸軍側に支給する全額は千二百五十万となる。まさに国家予算の二割強を占めるのだ。明治九年度の陸軍省経常予算六百九十万円、海軍省経常予算三百四十二万円に比較してもその額の大きさがわかる。また、この金額ですべての征討費が賄えるとは、利通も考えてはいない。だが、当面は、この方策以外に選ぶ道はなかった。

伊藤と松方が西郷ら陸軍幹部を説得するために大阪に向ったのは翌日の朝であった。

六月二十六日、川路利良少将の率いる別働第三旅団がようやく鹿児島城下に入ったとの情報を受けて、利通はひとまず安堵していた。

川路たちは、鹿児島占拠の勝利を祝う仕掛け花火を港内で打ち上げたという。また、政府艦隊の乗員は押しかけた多くの町民とともに花火を楽しんだとの報を送ってきていた。

また、すでに西郷軍が城下から逃れて加治木《かじき》方面などに向ったため、政府軍の意気は高かったとのことだ。

その川路から意外な知らせが届いた。それは、川路の体調の悪化である。以前から抱えていた持病の脚気《かっけ》の再発によるものだ。

大山巌《おおやまいわお》の勧めで、京都の征討本部に戻ることになった。それを知って利通は伊藤と図り、川路に戦地の状況を天皇に奏上させることを決めた。三条もすぐに賛同し、三月の田原坂の激戦を経て、三ヶ月近くを戦ってきた川路の報告を是非《ぜひ》聞きたいとのことだった。

川路は、七月三日に船で神戸に到着し、その日の内に汽車で京都七条停車場に着いた。停車場で、利通は、三条や伊藤とともに川路を出迎えた。

久しぶりの再会であった。

利通が京都に向ったのは二月十三日である。その後、川路は陸軍少将に任じられて東京を発ち、三月二十五日に九州・八代に到着した。

以後、川路は部下の警察隊五千余人を率いる別働第三旅団の司令長官となって、田原坂を含む数度の激戦を指揮してきた。

――あれが……川路か。

停車場の貴賓室に入ってきた川路を見て、その変わりように利通は驚いた。伊藤もまた困惑した表情で川路を見つめている。

青白く痩せた顔にはかすかな微笑が浮かんでいるものの、全く覇気がない。だが、利通はすぐに川路に近寄り、その両肩を抱いた。

「ご苦労でした……」

ようやく、その言葉だけが利通の口から漏れた。

川路は顔をわずかにほころばせた。

「これから、すぐに御所へ行ってもらいたいのだが」

「わかっております」

とだけ答えて、川路は、随行してきた参謀大山綱昌《おおやまつなまさ》陸軍中尉とともに、利通たちの後に従った。

午後三時から、川路は御所の学問所で天皇から戦功を讃える勅語を受け、酒饌料を賜った。

翌日、再び、学問所を訪れた川路は、天皇の前で九州一帯の地図を広げて、開戦から現在までの戦況を事細かく説明した。この場には、三条を始め、利通、伊藤、および黒田も加わり、電信や書簡だけでは把握できない戦況を知ることができた。

その夜、すべての公式行事を済ませた川路を、利通は四条河原《しじょうかわら》町の料亭に連れ出した。

伊藤や黒田を誘うことはしなかった。ゆっくり、二人だけで話したかったからだ。

「大久保殿、やはり、鹿児島では裏切り者でした。大久保殿もわたし同様、大分恨まれておったようです」

盃《さかずき》に口を少しつけただけで、川路は悲しそうな眼で利通を見た。

開戦と同時に、鹿児島の利通と川路の家に暴徒が押しかけたという。甲突川《こうつきがわ》の南にあった利通の家は無残にも壊されて、さらに群集は城下から北にかなり離れた川路の実家に押しかけて打ちこわしを始めた。老若男女が次々と家を打ちこわした。その数は百五十人を下らなかったというのだ。家具建具すべてが無残に破壊されたらしい。

さらに川路は鹿児島で恐ろしい話を聞いた。

川路と同じ村出身で別働第三旅団に入った警察官九人に関わりのある親族が七人、首をはねられて河原にさらされたという。

「辛いことでございました」

眼をしばたたかせて、川路は呻《うめ》いた。

「……」

利通には返す言葉が無かった。自分が恨まれていることは知っていたが、川路の村の者たちが殺害されるとは思いもしなかったからだ。

「やはり、西郷殿と関わりが……」

川路は呟いた。

利通には、川路の苦衷が痛いほどわかる。維新直後の混乱した東京の治安を必死に守ろうと手を携えて奮闘したのが西郷と川路であったからだ。西郷と川路は東京の治安を守るために鹿児島から二千人、さらに他藩から千人の邏卒《らそつ》を集めて、警察制度を確立したのだ。西郷は川路を信頼し、その才を愛していた。利通は征韓論での対立から西郷が東京を離れるまでの短い期間、二人の奮闘ぶりをよく見聞きしていた。

さらに西郷は、川路を邏卒総長に任命し、明治五年には司法省警保助兼大警視として、九月に西欧の警察制度を学ばせるために留学させた。川路は西郷の期待に沿うように必死に西欧の警察制度を学び、翌年の明治六年九月に帰国して、警察制度の抜本的改正を図るための建白書を提出した。

その直後の明治六年十月、征韓論での対立から西郷は下野し、西郷との交流は絶えた。そして、今、川路はその恩人である西郷を徹底的に追い詰める運命を担わねばならなかったのだ。

「今、わたしは西郷殿が一日でも早く降伏されるのを祈るばかりです」

それだけ言うと、川路は眼に涙を浮かべた。まさに、利通とて同じ思いだ。これ以上、無益な戦を続けていいものか、利通は政府軍に押されて日向の各地を転戦している西郷を思いやった。

翌日から数日、体を休めた川路は、七月九日京都を発して、東京に戻っていった。

七月中旬、日向に移った戦場では、西郷軍による粘り強い抵抗が続いた。だが、物量を誇る政府軍は無理押しをしない戦術をとりつつ、次第に西郷軍を日向一帯に追いつめていた。

この頃、利通にとって、再び気がかりな事態が生じた。

それは、天皇の身体に異変が生じたことである。七月十二日朝、天皇の右足に浮腫《むくみ》が生じ、さらに下腹部が膨らんできた。侍医は最初、腎臓の病かと診断したが、すぐに脚気症と確定した。長らくの京都滞在での多忙な公務に追われてのことと思われた。

だが、その後も、十三日の京都守護を命じられた近衛集成団の謁見、十七日には海軍兵学校生徒を有栖川宮とともに謁見、また新撰旅団を率いて京都に着いた東伏見宮《ひがしふしみのみや》嘉彰《よしあきら》親王との謁見も務めた。さらに、二十一日には親任のイタリア特別全権公使を引見するなど、公務はさらに多忙を極めていた。

そして、ついに天皇は翌日、侍従を通じて三条と利通に、東京への還御の意志を伝えてきたのである。利通は、三条や伊藤とともに、内閣の執務室となっている小御所でこの一件について熟慮を重ねた。

「お上は一度、決められた還御の日程を延長された。やはり、京都での治療では身も心も休まることはございません」

伊藤はすぐに還御の実施を主張した。

「たしかに、もう半年も続く京での公務は厳しいものだったかも知れませぬな」

三条の意志も還御へと傾いた。

無論、利通としても異論がある筈もなかった。二ヶ月前の五月十七日の還御を決定しながらも、参軍川村純義による要請で延期となったのだ。天皇の病状からみて、その回復には、転地療養が欠かせないものと、侍医たちも進言していた。

最後の決断として、利通は戦争の現段階での局面を詳しく検討してからと思い、京都に置かれていた征討陸軍事務局の鳥尾小弥太中将との協議を開始した。

「現段階で、日向の戦は終局の段階に入ったと思われます。ついに昨日、都城が落ちました」

事務局には連日連夜、熊本鎮台が発した電信が入ってくる。利通が日々知ることのできる情報はすべて鳥尾からのものだ。だが、都城陥落は最新の情報だった。

都城は西郷軍の最期の最大拠点であり、この制圧は薩摩軍の主力部隊がほぼ攻撃の拠点を失ったことを意味していた。鳥尾によると、制圧したのは三浦《みうら》少将の第三旅団、曽我《そが》中将の第四師団、高島中将の別働第一師団、山田少将の別働第三師団とのことだ。さらに、北の小林方面は三好少将の第二旅団が進出し、すでに小林を占領し、野尻《のじり》を陥落させたとも鳥尾は報告した。西郷の本営は宮崎に移動し、戦線はさらに北に向っているが、西郷軍からの離脱者は次第にその数を増しているとのことだ。

「この七月末には宮崎は陥落となるでしょう。さらに賊軍の本営は宮崎から北の延岡に移るでしょうが、今や総兵力三千と見ております。わが軍は現段階でおよそ三万五千人が戦線に投入されております」

自信ありげに話す鳥尾に三条は満足気に頷き、利通を見た。

「これからは最後の激しい抵抗が各地で起こるでしょうが、大勢は決したと見てよいでしょう」

利通が頷くと同時に、伊藤が顔をほころばせて言った。

この後、利通は三条、伊藤とともに日程を検討し、三日後の七月二十八日の還御を公布した。

「大久保参議」

会議の終了間際、三条が利通に向って言った。

「岩倉殿からも催促されております。お上の還御がよい機会ではありませぬか。ともに、東京に戻られてはいかがか」

三条の言うように、利通も還御の決定と同時に、自身もまた東京へ戻ることを考えていた。

それはすでに官報で告知している内国勧業博覧会のことだ。上野公園で開催される

第一回勧業博覧会は一ヶ月後の八月二十一日から開かれる。利通は博覧会総裁としての役割を果たさねばならない。

すでに利通は、博覧会御用掛である松方から、戦中であっても博覧会の延期が政府の権威と信用を失墜させるとの書簡を受け取っており、前島も利通の断固たる開催の指示を内外に示すよう訴えていた。伊藤もまた天皇に供奉《ぐぶ》して三条とともに東京に戻ることを決めており、利通に対して帰還を勧めている。

利通は、戦の帰趨が最終的に判明する前に京都を去ることに一度は不安を覚えながらも、三条や伊藤の言葉に従うことにした。

その日の夕刻、利通は、天皇の還御によって今まで御所内に設置していた征討陸軍事務局を大阪に移すこととし、鳥尾をそのまま征討陸軍事務取扱として臨時の事件勃発の際には全権を移譲するとした。

そして、七月二十八日午前十一時、天皇と皇后は学問所で勅任官らに祝酒を賜い、三条や伊藤とともに、停車場に向かった。

続いて、七月三十一日、利通は内務少輔林友幸とともに神戸から横浜への船に乗った。

利通はその夜、ひとり船室を出て夕闇に浮かぶ紀伊半島沿いのかすかな灯火《ともしび》を見つめていた。そして、劣勢が決定的になっている西郷軍の早期の降伏を祈った。

第四章　西郷死す

利通がようやく裏霞ヶ関の屋敷に戻ったのは、八月二日の昼前である。

二月十三日に東京を離れて以来、半年ぶりの我が家であった。

新橋停車場で利通たちを出迎えてくれた前島内務少輔は、内務省雇い入れの馬車を用意し、一台に利通を乗せて裏霞ヶ関の自邸まで送った。もう一台に林少輔と一緒に乗り、愛宕下町《あたごしたまち》の林邸まで同行し、自分はそのまま内務省に戻って行った。月末に迫った博覧会の件で内務省に設置された事務局の河瀬秀治《かわせひではる》との打ち合わせがあるとのことだった。

馬車に乗り込む前に、御者の中村太郎《なかむらたろう》についい大声で訊いた。

「芳子《よしこ》は変わりないか。どうだ？　風邪など引かせなかったか」

「お健やかでございます」

「そうか……」

中村の言葉に安堵して利通は馬車に乗り込んだ。

――早くこの手で抱きたい……。

芳子は去年の二月に生れた待望の長女であり、維新前に生れた長男の利和《としなか》とは十七も歳が違う子だ。役所への出勤の時は妻の満寿子《ますこ》に抱かれて見送ってくれる。

芳子の顔を思い浮かべながら馬車に揺られると、ふと睡魔に襲われた。船上中での眠りはやはり浅いのだろう。

馬車が曲がりくねった道に入った時、ようやく眼が覚めた。

程なく、馬車は見慣れた裏霞ヶ関の界隈に入ろうとしていた。

利通の家は、維新前、二本松《にほんまつ》藩丹羽《にわ》家十万石の下屋敷であったが、去年一月に二階建ての洋館に改築した。政府の要人として内外の賓客を迎えるために必要な処置であった。建築の費用は一万円を超したが、家屋敷を抵当に入れての借金によるものだ。

新築の家に天皇を迎えたのは、去年の四月十九日のことだ。天皇の臨幸《りんこう》には三条太政大臣、岩倉右大臣を始め、参議の大隈重信、大木喬任、寺島宗則、伊藤博文、山県有朋、黒田清隆らのほとんどの閣僚が供奉し、利通にとってこの上ない晴れがましい日であった。

利通の馬車が玄関先の車寄せにゆっくりと止まった。

窓から玄関を見ると、満寿子が腕の中に芳子を抱いて立っていた。

「ご苦労さまでございました」

降り立った利通に深々と頭を下げて、満寿子が微笑《ほほえ》んだ。

「息災であったか」

利通は、笑みを返しながら、腕の中を覗きこんだ。長い睫毛《まつげ》が両方の目蓋《まぶた》を覆っている。色白で愛らしい。

「やっと、眠ったばかりですので……」

「わかった。後でな」

船中での疲れが消えるような気分であった。

「お着替えをなさいませ」

満寿子の言葉に従い、自室で窮屈な洋服姿を脱ぎ、愛用の浴衣に着替えた。ようやくわが家に戻った気分だ。

満寿子がざるそばを用意してくれていた。それに好物のなすや人参の漬物が皿一杯に添えてあった。

利通が満寿子に送った手紙の中で、「うどんばかりで飽きた。早く東京で打ったそばが食べたい」と一度だけ書いたからだろう。

「やはり、半年は長かったぞ」

「欧州のことを思えばそれほどでもありませんよ」

満寿子がかすかに微笑んだ。

利通は、明治四年の秋から六年の五月まで二年近く日本を留守にした。その時、まだ鹿児島にいた長男の利和と次男の伸顕《のぶあき》を鹿児島から呼び寄せ、岩倉具視率いる米欧使節団に同行させた。利通は使節団の一員としてアメリカから欧州に渡ったが、二人をそのままアメリカに残して留学生活を続けさせた。利和十三歳、伸顕十一歳という幼さであった。

一方、満寿子は六歳になる三男の利武《としたけ》と二歳の四男雄熊《ゆうくま》を養育しながら、夫と二人の息子の帰国を待ったのだ。

それから、二年後に利通が帰国した。さらに翌年、利和と伸顕がアメリカでの留学を終えて帰国したのを機に、満寿子は子どもたちを連れて上京した。

明治七年の十二月初めのことである。

「うまかった」

利通は一気にそばと漬物を口に流し込むように食べると、満足そうに言った。

「それはよろしゅうございました」

と答えてから、ふと、満寿子が呟くように言った。

「戦……。いえ、何でもございません」

満寿子は急に顔を強張らせた利通に気がついたのだろう。

「床を用意しておりますので」

空になった食器を自ら下げて、満寿子は居間から静かに出て行った。

利通は愛用の煙管《キセル》と煙草《たばこ》入れを取り出して、ゆっくりと吸った。

京都にいた日々、片時も放すことの無かった愛用の煙管である。

屋敷の中は静まり返っている。

娘の芳子はまだ眠りから覚めないのだろう。

利和と伸顕は、この四月に東京開成学校と東京医学校が合併して開校した東京大学の寄宿舎で暮らしているため、利通と暮しているのは、三男の利武と四男の雄熊そして芳子であった。その利武と雄熊も、通学しているため家にいない。

利通は先刻、満寿子が言いかけた「戦……」という問いかけがまだ心に疼《うず》いていた。

満寿子と祝儀を挙げたのは、安政四年（一八五七）十二月、二十八歳の時である。

満寿子は薩摩藩士で大坂留守居役であった早崎七郎右衛門《はやざきしちろうえもん》の次女として生まれた。その頃の利通は、畏友西郷とともに徒目付《かちめつけ》となっていた。

満寿子は、同じ鹿児島城下の加治屋町に生まれた夫と西郷との深い交情を知り抜いていたからこそ、西郷と敵対せざるを得なかった利通の苦衷を察して言葉を閉じたのだろう。

薩摩藩内の派閥争いで喜界島《きかいしま》に遠島となった父がようやく罪を赦《ゆる》されて鹿児島に戻ってからのことだ。父親と同罪となってお役御免となった利通を物心両面で励まし支えてくれたのが兄と慕う西郷だった。

安政五年七月の十三代将軍家定《いえさだ》の死に続き、西郷を重用した開明的な藩主斉彬がこの世を去った。それから、尊王派への井伊の弾圧が全国に広がり、十一月には僧月照《げっしょう》とともに西郷が入水《じゅすい》、生き残った西郷は奄美大島に三年もの間潜伏する。その間、斉彬の弟である久光に重用された利通は、潜伏中の西郷を絶えず励まし、藩内や幕府の動きを詳細に伝える数多くの手紙を密に送り続けて、西郷の再起を促がし続けた。

そして、ようやく三年後の文久二年（一八六二）一月、久光の命で鹿児島に戻った。

だが、藩政に復帰した西郷は再び不遇な運命を辿る。

その年の三月、上洛を試みる久光の「下関で待機して自分を待て」という命に西郷が背いたことで、徳之島《とくのしま》、そして沖永良部島に遠島となる。

利通は西郷の藩政への復帰を久光に訴え続けて、ようやく西郷は元治元年（一八六四）に鹿児島に戻った。以後、利通は幕末維新の激動期を討幕の旗印の下に西郷とともに国事に奔走し、ついに討幕を成し遂げたのである。

今、皮肉にも、利通はその盟友西郷との全面的な戦に直面しているのだ。

——西郷、今、どこだ？

苦戦を強いられて、人吉から東に針路を取り、宮崎に転進しているとの情報だけを受けて、利通は東京に戻っている。今の正確な戦場がどこかわかっていなかった。

しかし、これ以上、敵味方の兵が傷つき倒れるのを知るのは辛かった。

利通は、一日も早く、西郷が白旗を掲げて自ら戦の終わりを敵味方に告げることを祈るばかりであった。


東京に戻った利通を待っていたのは、大蔵大輔ながら内務省の勧農局長を兼務している松方正義と内務少輔の前島密であった。

明治十年八月五日。

真っ青な空が広がり、暑熱が予想される朝である。

利通は内務省の執務室で待っていた松方たちに声をかけた。

「どうですかな。博覧会の準備は」

松方の顔を見るなり、利通は気ぜわしく尋ねた。

「順調に進んでおります」

自身ありげに松方は答えた。前島もまた頰を緩めている。

四月頃、博覧会御用掛である松方は京都にいた利通に対して、戦中であっても博覧会の延期が政府の権威と信用を失墜させるとの書簡を送っていた。さらに、前島も、「九州の戦に対する人心の不安感は増しており、当初予定の開催日を延期するよう訴える人々が多い」として、大久保の断固たる開催の指示を内外に示すよう訴えていた。

それを受けて、利通は予定通りの開催を指示した。これを受け、内務省に設けられた事務局も各府県に対して出品事務の遂行を命じていたのである。

「九州は間もなく静まる」

利通はきっぱりと言った。

すでに、政府軍は都城を占領、敗走する西郷軍を追ってすでに宮崎に達している。

人吉陥落後の西郷軍の総兵力はおよそ四千人を割っており、その十倍に当る政府軍の戦闘能力に圧倒され続けていた。

「残る日数は半月あまり、省の総力をあげて取り組まねばならない。至急、博覧会の準備状況を詳しく知りたい。河瀬を呼んでくれないか」

利通の指示で、博覧会の事務局長として準備を積み重ねてきた河瀬秀治が会議に加わった。

河瀬は、天保十年（一八三九）、宮津《みやづ》藩の家老職の家に生まれ、明治二年から政府に出仕し、地方の県令などを歴任した。その地方行政における農工業の発展に尽くした業績に、利通は早くから注目し、明治七年に内務大丞《だいじょう》に任じた。

利通が内国博覧会の開催要請を三条太政大臣に提出したのは、昨年二月のことである。政府部内で認可されると同時に、利通は河瀬を事務局長としてすべての業務を実施させた。間近に迫った博覧会の成功は、まさに河瀬の宰領にかかっていた。

「すべて準備は整っております」

部屋に来た河瀬は自信ありげに言った。

「出品物については予定通りなのか」

利通が気にしていたのは、松方から出品物を集める地方官たちの苦労を聞いていたからであった。

「最初はなかなか……」

河瀬は、勧業博覧会開催の意義を理解できない諸県の係官もいたが、今年に入って順調に物品が納入されるようになったと告げた。

この件については、利通が予《あらかじ》め予想し、河瀬らに「出品者心得」と称する文書を各府県に送付していた。利通にとってこの催しは、博覧会と称しても決して珍品や古道具を並べる見世物ではなかった。これからの日本の工業を支えるために「勧業」という言葉を付け加えたのである。

だが、当初、世間一般では利通たちの提唱を理解しない国民も多く、河瀬らの苦労もあったことはたしかだ。西南の役の戦費問題で、京都にきた松方も利通に河瀬ら事務局の努力を伝えていた。河瀬らは各府県に博覧会専門の部署を設置させ、出品世話掛や出品取り扱い人を配置して精力的に収集業務を推進した。かれら係官は、府県内を回り農工業者を調査して出品の依頼に奔走したとのことだ。

「あの施策はそれなりに功を奏したのだろうか」

利通が河瀬に訊いた。

それは、利通たちが考えた自費出品奨励制度であった。自費で出品する人々に対して博覧会終了後に、入場券や出品目録の売上金の一部を支払うというものだ。

「たしかに、効果がありました」

と、河瀬は答えた。

さらに効果を挙げたのは出品者の経費に対する府県税での貸与金の制度であり、貸与金の返済は出店品の売上金で賄うこととし、また売れ残った場合は政府がすべて買い上げることにしたと、河瀬は付け加えた。

「輸送に関しても、政府の開催意図を理解してくれた業者の協力により経費が削減できました」

河瀬によると、その点で最も貢献したのが、岩崎弥太郎の三菱会社とのことだ。三菱は全国各地から出品物を東京に運んだ。輸送代金の割引率は五割としたため、取り扱い件数は二千三百を超えているらしい。

上野の会場の整備も順調とのことだった。

元の徳川家の菩提寺であった上野寛永寺《かんえいじ》は維新直後の彰義隊《しょうぎたい》との戦闘で本堂を始め大部分の伽藍《がらん》が焼失した。この跡地の利用について新政府の間で様々な議論が起きたが、結局欧米風の公共の場として整備されていった。利通は当初から、日本初の勧業博覧会の敷地としてここを活用することを考えていた。上野は明治六年、知事であった大久保一翁《おおくぼいちおう》によって浅草、増上寺《ぞうじょうじ》周辺、富岡八幡宮《とみおかはちまんぐう》周辺、飛鳥山《あすかやま》など四箇所とともにに公園として指定されて、住民たちの憩《いこい》の場所となっていたからだ。その坪数は十七万六千二百坪余りで最も広い敷地となっていた。

この広大な土地は、単なる公園ではなく国民の文化教養の発信地として利用できないかと、利通は以前から考えており、二年前に「東叡山博物館建設之儀伺」を太政官に提出していた。利通の構想を先取りして、具体的な大博物館建設の思いを抱いていたのが薩摩出身の町田久成《まちだひさなり》である。町田は、明治六年六月には、すでに太政官に上野山内を博物館の建設予定地として建議しており、利通もまたこの建議の重要性を認めて、内務省の設置とともに町田の熱意に応えようとしていた。

利通は、上野公園での勧業博覧会の終了後にその敷地に博物館の建設を認めることを決めていた。そして、その前提として、博覧会の入り口正面に二階建ての西洋館を建設し、「美術館」として利用するとともに、会期終了後はその一部を、町田が懇望している国立博物館として利用することを認めた。一方、二十一日の博覧会開催に先立ち、上野公園の一角で、文部省管轄の教育博物館が開業する予定で、当日の開業式には、文部大輔の田中不二麻呂《たなかふじまろ》が文部省を代表して出席することになっていた。

利通が町田の近況を河瀬に訊いた。

「町田大丞《たいじょう》はほぼ毎日のように上野に来ております。全国から集まる絵や彫刻、それに掛け軸などを熱心に点検されております」

利通はそれを聞いて微笑んだ。

省内では、町田は下僚の一人に過ぎないが、薩摩藩での家系は島津一門の三名家のひとつに繋がり、下級士族の利通など近寄りがたい家柄の出である。だが、薩摩藩内の内紛で利通の父である利世《としよ》が遠島になり、家が困窮の淵に立たされた時、久成の母が利通一家を支えてくれた。幼い利通にとって久成は得がたい恩人の一人に繋がる男であった。

久成の才は早くから藩内で認められ、慶応元年、鎖国下の中で、寺島宗則《てらしまむねのり》や五代友厚らとともに英国に留学し、維新直前に帰国した。その後、新政府の外務大丞、文部大丞を歴任し、明治六年にウイーン万国博覧会御用掛、一年前のフィラデルフィア万国博覧会の事務局長を勤めた経歴があり、政府部内でも有数の外国通である。

「大久保殿」

しばらく黙って利通と河瀬の話を聞いていた松方が言った。

「町田大丞はこの美術館に展示される文物の審査官とされてはいかがでしょう」

すぐに、前島が口を挟んだ。

「わたしも松方殿と同じです」

前島の言葉に、利通は頷いた。

すでに利通は前島を博覧会全体の審査官長として推薦することにしていたが、町田こそ美術部門の審査官として相応《ふさわ》しいと思っていた。

利通は、「西欧諸国のような美術館や博物館が日本にも生れることこそ、真の文明開化である」と会うたびに力説する町田の姿をふと思い浮かべた。


九州では、激しい戦闘が続いていた。

熊本から発せられる電信を手にして、伊藤博文は赤坂葵町《あおいちょう》の工部省（現在の国土交通省にあたる）から、職務の合い間に、利通を訪ねて詳細な戦況を伝えてきた。

皇居内にあった工部省が赤坂に移ったのは明治七年六月のことである。

工部省が民部省から分離独立した明治三年、財政幣制調査研究のためにアメリカを訪問した伊藤は工部大輔となり、以来、利通を支えて殖産興業を押し進めてきた。明治六年九月岩倉使節団の一員として帰国すると、翌月、参議工部卿に就任した。

工部省の設立以後、様々な事業を民部省から引き継いできたが、今年一月の官制改革で工部省は鉱山、鉄道、電信など十局を設置し、利通の内務省との強い協力態勢の下で殖産興業政策の推進を図っていた。

大手町の内務省までは日比谷御門から内濠に沿って馬場先御門、和田倉御門、そして大手御門前まで一里半を超すかなりの距離だが、伊藤は事あるごとに馬車を駆って内務省にやってきた。

とくに、全国の電信網を管轄する電信局を傘下にしているため、利通より早く戦況を入手することができた。さらに、一般の電信局とは別に、電信を使って戦況を特別に伝える「軍電」が九州各地に開通し、今まで以上に情報が容易に入手できた。八月二十八日には小倉、中津、大分間の軍電が開通し、九州東部の状況がわかった。

「ようやく延岡が落ちましたな」

伊藤は九州の地図を執務室の机に広げて言った。

「山県さんも苦労されているな」

地図から、利通は眼を離した。

「延岡の北にある長井村《ながいむら》あたりで、奇兵隊が合流したとの情報もあります」

伊藤の言う奇兵隊とは、熊本など九州諸藩から参加した士族部隊であり、大分では勇猛果敢に戦い、政府軍を悩ませた。

「西郷軍の総数は、支援の諸隊を加えて、三千人から三千五百人と見てよいでしょう」

「桐野たちがどう出るか……」

と、利通は再び地図を見つめた。

延岡から西は、山岳地帯で尾根伝いに行けば鹿児島に辿り着く。

——もしや、鹿児島に戻るのでは……。

その予感が的中した。

最後の抵抗戦ともいうべき和田《わだ》越えでの戦闘が終わった後の十八日の朝、伊藤が内務省を訪れた。

利通は、伊藤から西郷軍に加わっていた私学校兵とともに戦っていた諸隊の多くが政府軍に降伏したという確実な情報を得た。

山県や大山巖らの現地からの報告によると、西郷軍に加担した九州各地の士族たちは、十あまりの軍団から構成されていた。

中でも、千五百人で構成される熊本隊が最大の部隊である。首領の池辺吉十郎《いけべきちじゅうろう》はかつて熊本藩の京都留守居役を勤めていたが、維新後帰国したものの西郷に私淑し、攘夷・洋行と士族の特権を回復することを熊本で強固に主張してきた組織であった。熊本隊は開戦当初から政府軍と激闘を繰り返して、人吉、水俣、大口へと転戦していたらしい。

これまで、すでに二つの諸隊が降伏していた。それは、六月四日の人吉で降伏した百六十人余の人吉隊と八月二日に高鍋の戦後に降参した元薩摩領の都城の士族からなる都城隊であった。

残った諸隊の内、長井村での戦闘の後、薩摩支藩であった佐土原藩の士族による四百人の佐土原隊、延岡藩の士族百人余、旧秋月藩の士族二百人で結成された高鍋隊の一部が降伏したとのことだった。また大分県の竹田から出動した六百人余の報国隊は五月下旬から薩摩軍に加わり豊後で奮戦したが、やはり長井村で政府軍に降伏していた。

次々と降伏する兵たちの収容、取調べ、そして裁判は、政府にとって重要な課題であった。利通は福岡や久留米、そして長崎にあった九州裁判所出張所をすべて長崎に集中することを決め、五月十日に長崎に九州臨時裁判所を統合した。このための費用として、すでに二万円もの予算を計上した。だが、日々増えてくる降伏者を長崎だけでは収容できなくなり、六月には青森県や宮城県などに分散して収容する結果となっていた。今や、二千人を超える収容者への取り扱いに関して、岸良《きしら》兼養《かねやす》検事長や現地で裁判を実施している河野敏鎌幹事と打ち合わせをせねばならなかった。

だが、こうした降伏者の激増の原因は、西郷軍が発した布告にあった。

降伏した諸隊の兵によると、西郷自ら、全軍の将兵に最後の布告を出したらしい。

その布告は、

「わが軍の窮迫此処に到る今日の事一死を奮って決戦するのみ、此の際諸隊にして降らんと欲するは降り、死せんと欲するものには死し、唯その欲する所に任せよ」とのことだった。

「西郷軍がどの道をとるか、まだはっきりとわかっていないとのことですが」

伊藤もまた自ら持参した地図を見つめて言った。

「可能な限り、残った兵力を温存しての山越えになるだろう」

延岡の西にある可愛岳《えのだけ》から山岳地帯を尾根伝いに行けば小林に行き着く。小林は人吉の戦に破れて日向に敗走して辿り着いた土地だ。西郷軍は日向に入り、宮崎、佐土原、都農《つの》、高鍋、延岡と敗走を続けてきた。残る道筋は、如何に峻厳《しゅんげん》な山地であっても、そこを突破して鹿児島と日向の分岐点にあたる小林に戻り、横川を経て鹿児島城下を目指すに違いなかった。

利通は、日向と鹿児島を結ぶ峻厳な九州山地を思い浮かべた。

明治十年八月二十一日、第一回内国勧業博覧会が幕を開けた。

四年前に内務省を設立し、自ら内務卿となった利通は、すぐに殖産興業の旗印の下に、太政官に勧業博覧会の開催を目指して省内をまとめ上げ、明治八年二月に博覧会開催の建議を太政官に提出した。

以来二年にわたって前島や河瀬とともに準備を重ねてきた。この博覧会はまさに利通自身の夢の実現であった。まさか西郷との戦いが始まろうとは、この時万に一つも想像していなかった。しかし、この夢の実現こそ、これからの日本の行く末を決めるものとして、断固、開催を強行したのである。

この事業にかけた予算は、十二万円であり、内務省の十年度通常予算百十四万円のおよそ十分の一という巨額の費用を投じた。まさに利通にとって一大国家行事であった。

午前七時三十分、利通は河瀬と前島らとともに会場の上野公園に到着した。

薄曇の空が頭上に広がっている。

公園への入り口には、内務省勧業局の出品として巨大な風車が展示されていた。この風車は、利通が博覧会の意義を府民に知らせるために造らせたものだ。

寛永寺本坊は上野彰義隊との戦闘で焼失したが、その跡地を利用しての博覧会である。本坊の山門を入ると、二階建ての煉瓦《れんが》作りの西洋館がそびえるように建てられていた。この建物の正面入り口付近には、人工の池が造られており、西洋式の噴水が設置されている。この日までに噴水の装置が完成する予定であったが、まだ未完成であった。来月始めには水が噴出するとのことであった。

午前八時に皇居を出発した天皇と皇后を、利通は伊藤や大隈ら参議とともに会場入り口で出迎えた。

開会式の会場となった美術館内の正面に玉座が設けられ、その後ろに宮内卿と侍従長とを兼ねる徳大寺実則、さらに皇族たちの席が設けられた。玉座に向って右側に、三条太政大臣、岩倉右大臣、大隈、伊藤ら参議、さらに勅任官、そしてその隣に博覧会総裁である利通、その隣に府県総代が席を占めた。利通たちの前面の席には寺島宗則外務卿と招待された各国公使、その後ろには外務書記官と各国書記官が着席した。

最前列の公使団の中で、ひとり利通に対してかすかに微笑《ほほえ》む男がいた。

――パークス……。

利通も軽く頭を下げた。

幕末の慶応元年、オールコックに代わり二代目の駐日特命全権公使として赴任以来、すでに十二年にわたって日本に滞在している男だ。戊辰の戦を通じて、利通ら薩長派に援助を惜しまず精力的に政府を支えてきてくれた。もう歳は五十近い筈だ。長いあごひげと鋭い眼つきが際立っていた。

岩倉使節団に加わってパークスの国イギリスで見聞した近代産業の実態こそ、この博覧会の原点であった。利通は改めてパークスに微笑んだ。この博覧会の印象はどうなのか、パークスから感想を聞きたいと思った。

パークスの隣に座っているアメリカ公使ビンガムは四年前に来日した。かれが執務を行うアメリカ公使館は政府が築地に設けた居留地にあり、三年前に麻布善福寺《ぜんぷくじ》から移ってきた。かつて大名の下屋敷が建ち並んでいた築地一帯の造成地が売り出され、今やこの居留地には四カ国の公使館と八カ国の領事館が建てられている。またキリスト教の解禁により多くの教会や教会に付属する神学校が建ち並んでいた。利通も一度、訪ねたことがあったが、まさに日本とは思えない異国風の町に様変わりしていた。

維新から十年、今日本が辿り着いた殖産興業策の成果をかれら公使たちがどのように評価するか気になっていた。

天皇の勅語の後、利通はこの博覧会開催に込めた熱い思いを列席者に伝えた。そして、博覧会の入場者に配布する「会場案内」の小冊子を天皇に贈呈した。

この案内書は、事務局の苦心の作であった。会場の細部にわたる説明はもちろん、この博覧会が見世物、娯楽のためのものでなく、入場者は出品物の品質の優劣を確かめ、使用の可否を見定めることなどの開会理念を唱えていた。さらに、付録として地方からの入場者への利便性を考慮し、博覧会以外の東京で見学すべき施設を紹介している。それらは教育博物館、開拓使仮博物館、赤羽工作所、小石川植物園、勧農局試験場、農学校らであった。また、東京にあるガス製造所、造船所、ガラス製造所などが列挙されていた。

受け取った天皇は眼を凝らして案内書のページをめくっていた。利通は、天皇の他に会場に招待した皇族、官員にもこの案内書を配付することになっていた。利通はかれらすべてがこの案内書にこめた殖産興業への熱意を汲み取ってくれることを望んでいた。

開会式の終了後、利通は事務局長の河瀬とともに、陛下や来賓を各展示場に案内した。

博覧会場は、左右対称に東本館と西本館が建設されている。展示方法は、去年の五月から十一月までのアメリカのフィラデルフィア万国博覧会を摸倣したもので、一区から六区に分かれ、鉱業と冶金《やきん》、製造物、美術、機械、農業、園芸の諸品がそれぞれ展示されていた。

　利通は両陛下を各会場に案内しながら説明した。

「全国すべての府県からおよそ八万四千三百点の出品物がございました」

「それほど集まったのか……」

　天皇は驚いた表情で利通を見つめた。

「出品物の陳列を府県別にし、入場者が地域ごとに出品物の優劣を比較して評価できる方法を取りました」

　利通がさらに付け加えると、天皇は満足げに頷いた。

　その後、天皇一行は工部省が用意した軽気球が空に上がるのを興味深そうに見学し、午前十一時に会場を後にした。

　すでに、会場入り口の正門には、入場者が列をなしていた。入場料は平日七銭に定められていた。七銭と言えば、米がおよそ一升七合五勺買える金額である。利通が時折、昼飯に取り寄せる盛りそばの値段八厘《りん》と較べても決して安くはない。これほどの金額を払っても入場する市民の多さに、利通は博覧会の成功を確信した。

　正門が開かれたのか、利通は、一般の入場者が美術館前の園庭に走りこんでくるざわめきを耳にした。

予想通り、九月に入ると、残兵を率いて西郷は鹿児島に入った。

利通は、いよいよ最後の時が迫っていることを予感した。

だが、現地からの情報では、西郷軍は鹿児島城下に突入するや、私学校や県庁を占拠し城山《しろやま》にいた三百人あまりの政府軍を攻撃して退去させたとのことだった。その執念とも言うべき戦闘続行の気迫が政府軍の犠牲者を増やすことにならないかと、利通は案じた。

そして、西郷軍が城下の北に位置する城山に本陣を置き、山の到る所に洞窟を掘り進めて頑強な反撃態勢を敷いていることがわかった。

政府軍の動きを知らせる電信も次々と、太政官に入ってきていた。

九月五日には、政府軍が鹿児島に到着し、すべての旅団の兵、およそ三万人が城山を取り囲み総攻撃の態勢が整えられた。そして、政府軍は四方から城山の西郷軍陣地に大量の砲弾を撃ち込み戦意の喪失を図った。そして、ついに現地の参軍である山県有朋から、二十四日に総攻撃を加えることを西郷軍に伝えたとの知らせが入った。

九月二十四日当日、利通は内務省の自室で、福島県の少書記官である中條政恒《なかじょうまさつね》と懇談中であった。

前年の九月に天皇の東北巡幸の下見で福島を訪れ、士族たちの殖産事業に精力的に取り組んでいた中條と知り合い、その事業への積極的支援を図っていた。たまたまその日、内務省地理局を中條が訪れていることを知り、給仕に呼びに行かせ開拓地安積原の今後の事業展開について細部にわたり話し合っていた。

その時、突然、給仕が電信紙を持って現われた。

利通はその電信に眼を凝らした。

発信者は、安藤《あんどう》中警視と綿貫《わたぬき》少警視であり、鹿児島の加治木分局から発信されたものだ。

「西郷、桐野、別府、辺見、村田、桂、池上等打取ル、降伏人数名アリ一人モ洩サズ」、とあり、さらに山口三等大警部からの電信も添えられていた。それは、「今二十四日午前四時大進撃、西郷、桐野、村田外六十人程打取り、降伏人五名アリ、西郷一人ノ首ナシ捜索中ナリ」と打電されていた。

――西郷の首……。

生々しい文面に、利通の胸を荒々しい衝動が突き上げた。しばらく、心のざわめき

に耐えた後、電信紙を閉じて、給仕に、

「林少輔へ」

とだけ告げた。

眼前の中條は、切迫した事態を察したのだろう。

「本日は失礼いたします。後日に」

と言って、すぐに中條は部屋を出て行こうとした。利通はすぐに中條を呼び止め、数日後に裏霞ヶ関の自邸に来るよう命じた。まだまだ福島での殖産事業は道半ばである。九州での戦が終わった今、本格的に事業を進めねばならないと、利通は思っていた。


しばらくすると、林からの情報が省内の官員たちに伝わったのか、「万歳、万歳」の声が響いてきた。それは、勝利の喜びというより、七ヶ月という長期にわたって強いられた内戦の重圧からの解放感から来たものだろう。

しかし、利通は、西郷を始め多くの有為な者たちの死を悼み、西の空に向って手を合せるだけであった。

間もなく、林少輔が電信紙を持って、利通の部屋に急いで入ってきた。

「どういたしましょう」

電信の内容から、林は回送すべき人物を利通に尋ねた。

「伊藤卿と黒田卿はすでに電信を入手しておられるでしょう」

「いや……もうよい」

「わかりました」

林はすでに利通の苦渋の思いを悟っているかのように急いで部屋を出て行った。


その後、利通は林少輔とともに、赤坂仮御所の太政官に赴いた。

すでに、三条、岩倉を始め、東京にいた参議、そして大蔵大輔の松方が顔を揃えていた。

「西郷さんは足を撃たれて動けなくなり自刃されたようですが……」

伊藤が利通の耳元でささやいた。

「それで…?」

「まだ……見つかっておりません」

言い難そうに、伊藤は言葉を呑んだ。

「わかりました」

とだけ、利通は静かに答えた。西郷は最後まで武人としての誇りを保って自死したのであろう。今、それを詮索している時ではない。

しばらくして、東京の陸軍省に残って太政官大書記官を兼務していた小澤武雄《おざわたけお》大佐が相次いで届いた電信による城山攻撃の模様を報告した。

長州の伊藤、佐賀出身の大隈大蔵卿、大木司法卿などは全く表情を変えず聞き入っていたが、薩摩出身の寺島外務卿と黒田陸軍卿は暗い表情を湛《たた》えていた。

利通としても、冷静には聞くことができなかった。西郷を押し立てて、政府に対して無謀な戦いを遂行した桐野利秋、村田新八、池上四郎《いけのうえしろう》、別府晋介《べっぷしんすけ》ら幹部の死も簡潔に報告された。

「これまでの現地からの電信によりますと、城山での賊軍の戦死者は百五十人あまり、降伏した兵は二百人とのことであります」

小澤大書記官は数回にわたって送られてきた電信の内容を自分なりにまとめあげ、無表情で読み上げるだけだった。

「西郷どんは結局どうなったのか」

黒田が確かめるように小澤に訊いた。

「軍服のご様子から西郷大将のお体だけは確認できたようですが、まだ詳細は送られてきておりません」

「何とか探し出すよう、山県どんに伝えて欲しい。丁重に葬らねば……」

隣にいる同じ薩摩藩出の寺島も大きく頷いた。

「今日のところはこのあたりで終わりましょう」

戦勝の報に安堵の雰囲気はあるものの、政府軍、西郷軍双方合せて万を超える犠牲者を出したことへの悔恨がどの閣僚にも漂っていた。

その後、閣議では、戦場や野戦病院で降伏した西郷軍の兵たちの処遇、そして裁判の方法など、現地に赴いている岸良《きしら》検事長や河野幹事らへの指示などが話し合われたが、詳細な指示は司法卿である大木喬任に一任することに決した。

大木は大蔵卿の大隈と同じ佐賀出身である。佐賀の騒動を起した同じ佐賀の江藤新平と維新への道を切り開いたが、征韓論をめぐる政争で江藤と袂《たもと》を分かち政府に留まった。大隈ほど巧みな弁舌で人を説得する術は持ち合わせていなかったが、その実直な性格と慎重な行動に、利通は全幅の信頼を寄せていた。

ますます増える捕虜の兵たちの処遇は、利通たちにとって難題であった。長崎臨時裁判所での審問と判決もすみやかに実施せねばならない。幹部級の兵士と一兵卒とは、当然処理は異なる。利通は死罪を含む極刑も科さねばならないと思っていた。

午後十時過ぎ、疲労困憊《こんぱい》した利通を乗せた馬車が自邸の玄関先に着いた。

いつもは、十二歳になる三男の利武と二歳下の雄熊が馬車の音を聞きつけるとすぐに玄関に出迎えて利通と一緒に居間に行くのだが、この日は遅いのか、満寿子しかいない。

居間に入るやいなや、

「終わった……」

としか、利通は言わなかった。その口調から、鹿児島の状況をすべて察したのか、満寿子は何も言わず、着替えの着物を居間に出してから奥に去った。

利通は着替えもせずに、庭園に接した離れの書斎に久しぶりに入った。来客が多い日々の暮らしのため、日頃は殆《ほと》んど書斎に身を落ちつける時が無かった。

書斎の椅子に腰をゆっくりと下ろした。

暗い部屋で眼を閉じた。

——西郷が死んだ……。

利通は、西郷とともに成し遂げた維新の大業に思いを馳せた。

二人がともに目指したのは、幕藩体制を打破し、西欧列強に伍《ご》した日本の再建ではなかったか。

そのために、西郷に留守政府を託して出発したのが米欧回覧の旅であった。

だが、政府部内の混乱を知り、ロシアに向う使節団を離れて急遽帰国した自分を待っていたのは、征韓論を巡る西郷一派との熾烈《しれつ》な闘いであった。

盟友との熱い交情を断ち切っての決断、そして、西郷の離反。

鹿児島に戻る西郷が利通に別れを告げに来た日のことが脳裏を過ぎる。

座敷で向かい合った西郷は、利通に「おれは帰る」、そして「後を頼む」とだけ言った。それに、利通は唯一言、「俺は知らん」と答えた。

今、思うと、何と素っ気なく冷たい対応だったか。

征韓の議がいかに無謀な企てであるか、必死に訴えた自分の思いが通じなかった悔しさから思わず口にした言葉であったのだが……。

それを聞いた西郷は「どういうことか」と利通を怒りに満ちた眼で睨んだ。

利通はその視線に耐えられず戸惑ったまま、西郷から眼を離した。

すると、西郷は肥った体をゆっくりと浮かした。

そして、客間を出る時、西郷は利通を見つめ、低い声音で、言った。

「後を頼む」

怒りの表情はすでに消え去り、その言葉には悲痛な響きが籠っていた。

今でも、利通の脳裏に刻まれている西郷の最後の姿である。

――あの時、何としてでも引き止めれば……。

必死になってすがりつき訴えれば、鹿児島に戻らなかったかも知れない。朝鮮への軍隊派遣がいかに暴挙であるか、国内の政治状況を詳しく語り、もう一度訴えてもよかったのではないか。

西郷が最後に自分を見つめた悲しみに満ちた視線を意識しながら、何故、意固地になって心を閉じたままの対応しかできなかったのか。

利通は、痛恨の思いをかみ締めながら、故郷鹿児島の方角に向って手を合せた。

第五章　決断

明治十年十月一日朝、島田一郎は長連豪とともに、三光寺での会合を前に、金沢城の堀端を歩いていた。

金沢警察の寺垣から得た情報では、今月二十日過ぎには金沢連隊の兵が西南の役から凱旋《がいせん》するらしい。

「出迎える町民も多いでしょうな」

長が低く呟くように言った。たしかに、この堀端には凱旋する金沢連隊の兵を出迎える町民たちが溢れているのだろうと、島田も思った。

二人は連隊の同志からも、金沢連隊の九州での動きを聞かされていた。

金沢城内の第七連隊本部と第二大隊は二月に金沢を発して神戸に着き、一ヶ月あまりの待命を経て三月二十六日博多に上陸し、正面軍となる征討軍団に編入された。第一大隊も遅れて三月二日に金沢から神戸に到着し、第二大隊とともに博多に着いた。第一大隊の第一、第二中隊は、山田顕義中将率いる別働第二旅団に入り、神戸から肥後の日奈久《ひなぐ》に上陸し、八代方面に進んだ。残りの第三、第四中隊は長崎に上陸し、川路利良率いる別働第三旅団の傘下に編入されて、各地の戦闘に加わったという。

「打つ手はひとつ……」

島田は、長を一顧だにせず呟いた。ここまで粘りに粘り、忠告社全体を動かそうとした島田だが、すでに最後の決心がついていた。

最期の工作と言える機会は、開戦当時、西郷軍の意外な攻勢に手を焼いた政府が軍隊派遣に加えて一般の士族から兵を集め、九州に向わせる計画を立てた時だった。

京都への蜂起が無理とわかった島田は、長と図り、この応募に加わり政府軍の一員として九州に赴き、時をみて西郷軍に加担しようとしたのだ。この派兵計画は最初、応募者が少なく難航したが、旧藩主の前田家がこの趣旨に賛同したことから千人の志願者が現われた。さらに支藩である大聖寺からも二百人を超す志願者があった。

島田はこの機に乗じて、忠告社全体から応募者を募り、その応募者に紛れて九州に行くことを企てた。だが、忠告社の石川九郎ら幹部はこの提言を無謀と拒否した。結局、この政府の募兵計画は、右大臣の岩倉具視によって中止となったが、島田や長にとって、これが忠告社全体を反政府の軍事的企てに引き込もうとした最後の企てでもあった。

しかし、今となってはこれですべてが決まったと、島田は思っていた。政府軍に加わり、最後に寝返るなど、かつての浅野町組の企てを踏襲することでしかない。決起はたとえ少数であっても、強い思いを共有する真の同志でしか成し遂げられないのだ。島田と長は、鹿児島の城山で死を遂げた西郷と桐野利秋、篠原国幹、村田新八らの無念を晴らすしかないと観念していた。

「戻るか」

島田は長に言葉をかけた。

「われらだけだ」

島田は自分に言い聞かせるように小声で言った。今日、意気揚々と凱旋する金沢連隊の隊列を見て、島田は改めて決起の覚悟を新たにした。

城から城下の町並みを過ぎると、眼の前に犀川の流れが広がっていた。

十月に入ると、日中でもさすがに冷える。だが、ここ数日、晴天が続き、川面に柔らかな日差しが照り映えている。

いつものどかな秋の景色だが、島田の心はいつになく波打っていた。

大橋を渡り切り、寺町を抜けて野町《のまち》の三光寺に戻ると、すでに島田や長と志を同じくする杉本乙菊が待っていた。

「これからだ、すべて、これからですな」

と言って、杉本は島田と長を凝視した。

「大久保も安堵しているでしょうが……」

杉本が言うと、島田は大きく首を縦に振った。

三光寺派だけでの決起か、忠告社総意での決起か、開戦当初から迷い抜いてきた島田だが、九月二十四日の城山総攻撃と西郷の自刃で覚悟が決まった。

幕府打倒の道を切り開いた全国の士族たちを徹底的に追い詰めてきた悪行の責めを負うべき政府要人は、内閣顧問の木戸孝允、内務卿の大久保利通、大蔵卿の大隈重信、さらに工部卿の伊藤博文たちであった。だが、これらすべてを一気に葬り去る力は、限られた三光寺派の同志では不可能であった。的を絞るとなると、内閣顧問の木戸と内務卿の大久保が残る。

そして、六月初旬、木戸の病死を同志である金沢警察の寺垣から知らされると、大久保ひとりに標的を絞った。

「実行の期限、その手立てなどいつ決めたらいいか」

島田は、杉本に問いかけた。

「今、しばらく同志たちの動きを確かめねば」

「決起の詳細を告げる時はしばらく後にしてはどうでしょうか。それまでに、脇田殿や松田殿と詳細な手段を積み上げねば」

と、長が杉本に同調した。

「しかし……」

島田は焦っていた。

大久保を始めとする政府要人に一矢報いる企てに反対する者は、三光寺派にはいない筈だ。だが、いざ行動に移る時、逡巡《しゅんじゅん》する者が出るのは当然である。さらに、この企ては、自らの命を賭けることになる。当初は、勇ましい決起論をぶっていた者も、西郷軍の全滅を聞いて、姿を見せなくなった者も少なくなかった。無論、標的をひとりに絞れば、決起者の数は多くなくてもよい。だが、大久保は政府内で最も重要な人物である。かれが掌握しているのは、東京警視本署を始めとする全国の警察、治安組織だ。実際の攻撃は少人数でも可能だが、警備の間隙《かんげき》を縫っての一度限りの攻撃に賭けるしかないだろう。

「今夜は、まだ決起の詳細を告げる場にしない方が良いかも知れません」

島田を制するように、長が言った。

「たしかに、事前に気取《けど》られては元も子もないな」

と、島田は同意した。

そして、この難事をやり遂げる同志が少なくとも五人はいると確信していた。


翌日、島田は長を伴い、杉浦町《すぎうらちょう》の陸義猶《くがよしなお》の家を訪ねた。

島田たちにとって、陸は忠告社結成以来の先達であり、今でも三光寺派の行動に理解を示してきた。今まで、忠告社の副社長として、島田らと杉本寛治ら幹部との調停役を引き受けている。

島田より十歳以上の年齢で、金沢藩士の中でも有数の文章家として尊敬を集めている。鹿児島の西郷や桐野との交流も頻繁で、西郷軍の決起の二月には、情勢探索のために東京から鹿児島へ赴く途中、大阪で足止めとなってやむなくその目的を果たすことが出来なかった。そのまま、陸は東京に戻り、三月にようやく金沢に戻ってきた。

以前から、陸は島田らが新政府の士族蔑視の方針に対して、激しい批判を抱いていることに憂慮し、忠告社の幹部との融和を図ろうと努力してきた。結局、島田らが別派である三光寺派を旗揚げし、その努力は無に帰した。

だが、島田たちは、陸の心底にある思いは西郷や桐野たち鹿児島の士族を抹殺せんとする大久保たちへの怒りであると確信していた。陸もまた忠告社の幹部でありながらも、島田たちと同様、開拓事業による士族授産はかれらの経済的困窮を打破できないと思っている筈だ。

そして、島田たちは、士族圧殺の元凶である大久保襲撃の意向を陸に伝えた。三光寺派に集う同志以外で、この意志を明確に伝えたのは陸だけであった。

金沢の初雪は例年十一月の下旬であるが、その日の冷気は肌を刺すようであった。昨日とは異なり曇天が空を覆っていた。

陸の住む杉浦町は犀川沿いにあり、かつて藩士の杉浦家が役宅を構えていたことが地名の由来とされていた。三光寺からは北東の犀川大橋を渡り、土手沿いに二里半ほど歩いたところにある武家地の一角が陸の屋敷だ。

玄関に立った島田と長を見て、陸はすぐに訪問の意図を覚ったようだ。

「来客があっても取り継ぐな」

家人に告げると、陸は二人を離れの一室に連れて行った。その離れは、陸が漢詩の想を練り、依頼された文章を墨書する場であった。

「決まったのだな」

座に着くやいなや、陸は眼を光らせた。

「はい」

島田に代わって、長が硬い顔で答えた。

「先生に戴いたこれを決起の時に持参いたし、太政官に提出いたします」

と言って、島田は手にした袱紗《ふくさ》の包みを開いた。

それは、奉書の包み紙である。

表には太い文字で「斬奸状《ざんかんじょう》」と墨書されていた。

島田は、その包み紙を開き、幾重にも折り重なった書状らしき紙を開き始めた。

それは、まさに大久保利通を抹殺するための大義名分を明らかにした書付であった。

利通暗殺を決意した時、島田らが文章家として名高い陸に依頼した書であった。

「いよいよ、この書が公になる機会が到来いたしました。本日は、そのお許しを戴きに参上いたしました」

島田は大きく息を吸い込んでから一気に言った。

「わかった。その時がきたのか」

「はい、可能な限り、早い時期を目指して策を練るつもりでございます」

長が言葉を添えた。

この斬奸状は、陸が渾身の力をこめて書き上げたものであった。

大久保糾弾の理由として挙げたのは、大久保や木戸の薩長派の藩閥独裁の罪、政府官吏による私利私益の追求の罪、貴重な国民の富を乱用して憂国の士族たちを弾圧する罪、などであった。とくに指摘したのは、参議内務卿として絶大な権力を有する大久保が他の参議らとともに専制政治を行い、民権を圧殺し国費を無駄に費やしていることであった。また、大久保による外交政策の失敗がそのまま国威を失墜させたことも書き込んでいた。まさに、暗殺決行の機会に、この書を公にして、殺害の正当性を世に示すものであった。

「いよいよ、これが役に立つことになったか」

陸は、「斬奸状」の文字をいとおしそうに指でなぞった。

「しかし……」

長が残念そうに唇をかんだ。

「……」

不審そうに、陸が顔を上げた。

「決起に加わり、この書に名を記す者がまだはっきりと決まっておりませぬ」

「まだ？……」

「わたしどもと他の二人は覚悟を決めておりますが、まだ最後の詰めが残っております」

島田の言葉に、陸は頷いた。

「これに名を記す者は、首尾よく事を成した後、この書とともに身を官憲に任せることとしております」

陸は、島田の言葉にすべてを了解したようだった。島田と長、そして杉本、脇田の四人は、すでに覚悟を決めていた。だが、最後の最後まで、誰が死を賭して決行に加わるかは島田にもわかっていない。

「わかって戴けますでしょうか。今、この段階でわれら以外の名をはっきりと申し上げられないのです」

「よし……。わかった。すべて貴公たちに任せる」

「ありがたいことでございます……」

島田は胸を詰まらせて、長を見つめた。

長もまた眼を潤ませて頷いた。

「では、その日、東京に？」

「そうだ。ともに東京に出るつもりだ。明確な日時と決行者が決まった時、改めて書き直すこととする。いいな」

陸の細心な配慮に、島田は感謝の言葉もなく、深く頭を下げるのみであった。

「東京へはいつ発つのだ」

「まだはっきりと決めておりませんが、明年早々にも先ず最初の同志が上京し、大久保の身辺を探索し、決行の日時、場所などの調べに取り掛かることにしております」

と、島田は答えた。

大久保の住居が裏霞ヶ関にあること、そしてかれの執務の場所である内務省が大手門外にあることだけは知っていても、その日々の動きは全く摑《つか》めていない。入念な調査と準備が必要がある。

「たしかに、時がかかるな。だが、やり遂げねばならぬ。鹿児島の地で無念の死を遂げた薩摩の同志たちのためにもな」

陸の声音も感極まったのか、かすかに震えていた。

三日後、島田と長、それに杉本と脇田が加わって、慎重に選んだ三光寺派の同志による会合が三光寺で開かれた。

「決行」という生々しい言葉が飛び交う会合になることがわかっており、その日時を知らせる対象者も絞りに絞った。開始日時も夕刻過ぎとして、二十名に参加者を絞った。

決められた法事が日中に行われることがわかっていたので、その参列者に紛れて加わる者もいた。

「われらがこれまで積み上げてきた事を成すべき時に至り申した」

島田がおもむろに開会を告げた。

「無論、この集まりが本日のみとは思っておらぬ。大事ゆえ、とくと考慮して戴きたい」

参会者を睨むように島田が告げると、それぞれが顔を見つめ合った。

「大事ゆえ、たとえ近親者であっても他言は禁ずる。わかって戴きたい」

硬い顔つきで、男たちは一斉に頷いた。

「では、長君、お願いする」

発言は、長に引き継がれた。

「単刀直入に申し上げたい。われらは西郷殿、そして九州の野に散った憂国の士の無念を晴らす。すでに、この件について、杉本氏と脇田氏、それに松田氏は了解されておられるが」

島田と長、そして並んでいた杉本ら三人が大きく頷いた。

「盟友西郷殿を裏切り、われらを圧殺する内務卿大久保利通への天誅《てんちゅう》でござる」

それは今までも何度も非難の言葉を投げつけていた人物である。同郷のそして討幕という大事を西郷とともに成し遂げた大久保こそ死に至らしめるにふさわしい男はいないと、島田は厳しい口調で言い切った。

「賛同いたす」

すぐに立ち上がったのは、松田克之であった。

島田がこの松田を知ったのは、脇田を通じてである。脇田によると、松田は安政二年生まれの二十三歳、家禄三百石の家柄であった。

金沢の変則中学校に入った時、同じ中学校の職員だった脇田巧一と親交を結んだことから同志の一員となった。

明治五年の学制発布に伴い、新たに制定された中学教則略により小学校卒業の生徒に対しての中等教育機関が生まれた。それは、十四歳から十六歳までの初等中学と十七歳から十九歳までの上等中学であった。だが、教育内容はまだ明確に定まっておらず、従来から存在した塾校に近い教育内容で洋学や医術を教授する中等教育機関が全国に生まれた。全国の主要都市に誕生した中等教育は金沢でも、文部省による正規の教育課程を履修する正則学校と、従来の塾に準じた変則学校があった。

そして、松田は脇田とともに民選議院設立の請願を県庁に提出するなど積極的な動きを見せた。

「わかり申した。そのご決意に礼を申し上げる」

島田は深く頭を下げた。

松田に続いて名乗りを上げたのは、橋爪武《はしづめたけし》、水野生清《みずのなりきよ》、佐藤武英《さとうたけひで》、大野成忠《おおのせいちゅう》の四人であった。

だが、まだ足りない。警戒厳重な政府随一の高官である。西南の役で勇猛を馳せた抜刀隊の警察官たちに守られている筈だ。

続いて誰がと思ったが、その後、誰も発言しようとしない。

気まずい沈黙の時が過ぎる。

長は困惑して、島田を見つめた。

すると、島田は男たちを眺め回し、口を開いた。

「遠慮はいらぬ。大事ゆえ慎重に身を処するのは当然でござる」

表情を和らげて、再度、呼びかけたが反応はなかった。

――やはり、無理か。

島田は己の短慮を恥じた。

最初に賛同を示した松田は、以前から決起の意志を明らかにし、長に伝えていた。島田は、松田以外に立ち上がる同志がいて欲しかった。

島田は後方に座っていた金沢警察の寺垣を見た。いつも貴重な情報を届けてくれる寺垣の思いはどうなのか知りたかった。だが、寺垣は島田の視線を感じて、視線を床に落とした。年齢も三十半ばを超えている。所詮、無理とわかっていても、彼なりの考えを聞きたかった。

「しばらく、猶予の時があってもよいではありませんか」

隣の長が小声で島田を諭すように言った。

その言葉を聞きつけたのか、島田と並んで座っていた杉本と脇田が頷いた。かれらの表情もまた暗かった。

「わかった。後日、再度、諸君のお考えを伺いたい。しばらく猶予の時も必要かも知れぬ」

島田を見つめていた男たちの顔が少し和らいだ。張り詰めたかれらの心中を、島田は察していた。

最後に、長は今日からここ数日、島田とともに三光寺に留まることを告げた。そして、各人の思うところを個別に話して欲しいと訴えて会合を終えた。

庫裏を出るかれらは一言も言葉を交わそうとしなかった。それなりの重い決断を強いられたのだろう。

島田は、かれらの何人かが再度、三光寺を訪れることを期待していた。

結局、その後、三光寺を訪れ、決起に加わる者はなかった。

島田らは、ついに最終的な実行者を選ぶことにした。

第一陣と第二陣に実行者を分けることを提案したのは、長であった。一撃で首尾よく大久保を倒すことができず官憲によって逮捕された場合の措置であった。無論、第一の襲撃は、島田、長、杉本、脇田、松田の五人とし、第二の実行者として橋爪、水野、佐藤、大野の四人を選んだ。後発の四人の役割として、最初の攻撃者のための資金工作を課すことと、さらに同志の勧誘を図ることも、決められた。

「重要なのは、実行の詳細が他に漏れぬことだ。このための工作を直《す》ぐにでも開始せねばならない」

長の提案で、第一陣の最初の実践行動に移る時期は、十一月の内に、脇田と松田が先ず上京することが決まり、その後、長が金沢を発ち、脇田らと合流するとした。

――これから、長い戦が始まる。

島田は長の手を固く握り締めた。

第六章　戦後処理

明治十年十月十日早朝。

利通は三条太政大臣、岩倉右大臣とともに、征討総督有栖川宮熾仁親王一行の凱旋を横浜埠頭《ふとう》で出迎えた。

有栖川宮とともに、埠頭に降り立ったのは、参軍川村純義と海軍少将伊東祐麿《いとうすけまろ》である。

有栖川宮は一日、征討参軍山県有朋と一緒に汽船テーボール号で長崎港を離れ、神戸に着いたが、そこで山県と別れて京都に到着した。そして、八日に、川村と伊東とともに神戸から軍艦春日《かすが》と清輝《せいき》とを従えて横浜港に上陸した。

有栖川宮は天保六年（一八三五）生まれの四十三歳、利通より五歳若い。嘉永四年

（一八五二）、仁孝《にんこう》天皇の皇女和宮《かずのみや》と婚約を取り決めていたが、幕府の公武合体策により、和宮は第十四代将軍家茂《いえもち》に嫁ぎ婚約は破棄された。幕末、尊王攘夷派の諸藩に与《くみ》して、禁門の変の折には長州藩との連携を保った。そのため、一時は参内の禁止などの処分を受けるなど、早くから国事に奔走した皇族の一人である。維新直前、利通や木戸、西郷などの働きかけで罪を赦《ゆる》され、王政復古の際には政府の総裁職に任じられた。まさに、政府の主柱となる人物であった。

横浜港での休憩所で、利通たちは有栖川宮一行を労《ねぎら》った。

有栖川宮は八ヶ月にわたり、熊本鎮台から征討軍の進出とともに各地を移動し、戦の推移を見つめてきた。利通は、日焼けし幾分痩せた顔を間近に見て、その労苦を思いやった。

「万を超える若者が死んだ」

茶を一気に飲み干した後、宮は遠く西の方向を見つめて言った。

「大久保、西郷も罪な男だな」

多くの戦場を駆け巡った宮ならではの思いであろう。東征大総督として官軍を率いて江戸まで行軍し、江戸を無血開城させた宮にとって、西郷は誰よりも頼りとなる参謀であった。さらに、東北方面に進んだ宮と西郷は最後の最後まで生死を共にした仲であった。その西郷の死を見届けた宮の辛い思いは、利通にとっても同じだった。

だが、利通は苦しい感情を押し込めて言った。

「これからが第二の維新ではないかと思っております」

「……」

宮はそれに答えず、休憩所の先に広がる港を見つめていた。

しばらくして、宮は馬車で横浜停車場に向かい、特別に用意された汽車に乗り込み、新橋停車場を目指した。

利通たちもその汽車に乗り、新橋まで同行した。

停車場で馬車に乗り換えた利通たちは、有栖川宮一行を先導して、午前十一時、赤坂仮御所に赴いた。

赤坂仮御所は、旧紀州藩の藩邸にある。

旧江戸城内に置かれた皇居が明治六年五月五日の午前一時二十分頃、紅葉山《もみじやま》の女官室から出火し、折からの強い北風にあおられて、ほぼ全焼した。天皇と皇后は滝見茶屋に避難し、午前五時三十分、赤坂離宮に入った。以後、赤坂離宮が仮御所となっている。

利通は、この火災が起きた明治六年五月初旬、米欧回覧の旅をドイツ・ベルリンで中断してマルセイユから海路日本を目指していた。

帰国を急いだのは、三条太政大臣からの帰国要請であった。三条が訴えていたのは隣国朝鮮との外交問題による政府部内の亀裂であった。

政府中枢内では、鎖国政策を続けていた朝鮮に対して武力も辞さない手段で国交を迫ろうとする勢力が台頭していた。その首謀者は西郷を始めとする副島種臣《そえじまたねおみ》、後藤象二郎《ごとうしょうじろう》、板垣退助、江藤新平らの参議であった。

しかし、利通は断固として西郷らの征韓論を認めなかった。

維新からわずか六年、廃藩置県によって天皇を中心とする政治体制がようやく国民の間で定着してきた時である。外征による財政的負担に、今の日本が耐えられる筈はない。とくに先進西欧諸国の豊かな経済力による繁栄を肌で感じてきた利通にとって、「征韓」は決して賛同できるものではなかった。

全権大使として使節団を率いた岩倉卿や副使の木戸孝允、さらに同行した伊藤博文たちにも利通の思いが通じ、ついに西郷らの征韓論は葬られたのである。

今、利通たちが向っている赤坂仮御所は天皇が政務を執り生活する場として、相応《ふさわ》しいものではなかった。

天皇の居室は十畳をわずかに上回る狭さであり、利通は、三条や岩倉とともに新宮殿の建設を試みていた。だが、天皇は政府の財政の苦しさを察し、容易に着工を認めようとしなかった。まだ二十五歳という若さでありながら、質素倹約に努めようとする天皇の配慮に、利通は感謝した。

仮御所内に設けられた粗末な造りの小御所で、天皇は利通ら閣僚を従え、車寄せで有栖川宮一行を出迎えた。

小御所では、先ず征討総督有栖川宮による乱平定の経過が奏上された。続いて、天皇の西南の役における勲功を讃える勅語が有栖川宮、川村純義、伊東祐麿に下された後、利通ら大臣、参議の十五人を含めて三人との陪食《ばいしょく》が行われた。

その後、天皇は、西国で発生したというコレラの罹患《りかん》を心配して、侍医伊東方成《いとうほうせい》を有栖川宮ら三人それぞれの屋敷に向わせた。

これは、予め利通が内務省衛生局から知らされたコレラに関する情報を元に、三条を通じて奏上していた一件であった。

内務省衛生局の責任者は長与専斎《ながよせんさい》である。

長与専斎は、天保九年（一八三八）、九州大村藩の藩医の家に生まれ、大阪の緒方《おがた》洪庵《こうあん》の適塾《てきじゅく》で学び、福沢諭吉の後、適塾の塾頭を勤めた。明治四年、利通たち米欧回覧の旅に同行し、そのまま六年までドイツ・オランダで医学を学び、東京医学校の校長を経て、利通の内務省衛生局の初代局長となっていた。大書記官の地位ではあるが、その医療行政に対する知識と熱意は、利通にとって得難い人材であった。

長与によると、十九年前の安政五年（一八五八）に猛威を振るって江戸だけでも死者二十万人を出したコレラが、西南の役の終了間際の九月五日に横浜の米国三番館の雇員《こいん》日本人二人が発症したのに続き、次第に関東一円に広がりを見せていた。十三日に千葉県、そして十四日には東京、さらに下旬には山梨、群馬、長野でも感染者が出て、さらに他県にも及ぶ勢いであった。

横浜から東京への伝染経路は横浜と東京日本橋を結ぶ定期船、横浜と羽田村を往来する漁船によるものらしい。

さらに、他の感染経路は、長崎に寄港したイギリスの軍艦の乗組員から鹿児島、熊本、大阪まで広がった。

また、利通にとって痛恨の伝染経路もあった。それは、西南の役から帰還する兵たちが最初の罹患《りかん》者であったからだ。かれらの帰還船が鹿児島から神戸に入港した十月一日直後から大流行し、間もなく京都、滋賀、愛媛、山口などの諸県に広がったのだ。

横浜港に上陸した有栖川宮ら三人の様子は疲労気味の肌ではあったが、体に異状はないようだ。だが、コレラの発病までの潜伏期間を考えると安心はできない。伊東侍医の診察の結果を待つしかないのだ。さらに、開催中の内国博覧会の入場者たちが罹患しないとも限らない。多くの人が集まる会場は、まさに重大な感染源であった。

利通は、小御所でのすべての行事が終わると、内務省に戻り、事務局長の河瀬を自室に呼んだ。

河瀬は憂鬱な表情で、実施しているコレラ対策について報告した。

「以前にもお伝えしておりますが、会場の便所を朝夕掃除して対策をとっておりますが、なかなか……」

河瀬はコレラの蔓延《まんえん》には手を焼いているようだ。

罹患者が増え始めたせいか、一日の入場者が減り始め、九月の終わりには四千人を割り込んでいるという。

利通は河瀬に対して、万全の予防措置を取るよう命じた。

次いで、長与衛生局長も執務室に呼び、日本全国に広がりを見せている悪疫の流行を食い止める手段を東京府を始めすべての府県の担当者に周知徹底させることを強く要請した。

十月十九日早朝、利通は内務省の門前で前島少輔とともに、馬車の準備が整うのを待っていた。

以前から予定されていた上州路《じょうしゅうじ》の南端にある新町《しんまち》に建てられた官営紡績《ぼうせき》所の開業式に出席するためだ。

この紡績所は、六月に完成していたが、西南の役の勃発により運転資本が不足し、三ヶ月の休業を余儀なくされていた。西南の役の終結により、ようやく開業式が挙行されることになったのである。

「博覧会が気になりますな。これから入場者が増えてくれればいいのですが」

旅支度を整えて内務省の玄関にやってきた松方が言った。松方もその開業式に内務省勧農局長として出席することになっていた。一緒に上州に向う大隈重信大蔵卿も間もなくここに来る筈であった。

「まだまだです」

利通は素っ気なく答えた。

コレラ禍に追い討ちをかけるかのように、今月十日に東京を襲った暴風のために展覧会場が破損し、止む無く十二日に、博覧会は閉場となった。その日の入場者も激減し、八百三十一人という有様だった。

今はただ、コレラ流行の終焉《しゅうえん》を祈るばかりであった。

「伊藤参議もこの場所からご出発でございますか」

松方の問いに、利通は黙って頷いた。

伊藤は工部卿として、この紡績所に設置された機械の輸入や備え付けに尽力してきており、以前から開業式への出席を希望していた。

程なく、大隈参議の馬車、伊藤参議の馬車が到着し、出発の時刻となった。

すでに川路利良大警視の手配した騎馬隊が利通ら三参議の馬車の警備のため、前後に配置されている。

「では、わたしは大隈殿の車に」

松方は内務省勧農局長の職にあるが、元々大蔵大輔として大隈付きの部下の立場にある。まだまだ西南の役のために出費した臨時金額の片がついていない。そのための資料を今も手にしている。群馬への旅の途中で大隈との打ち合わせをするつもりだろう。

「お気をつけて」

川路が利通の馬車に近寄り敬礼した。

「途中から群馬県警察も警備し、新町まで同行することになっています」

「ご苦労」

利通が頷くと、川路は利通のお抱え御者の中村太郎《なかむらたろう》と馬丁の芳松《よしまつ》に出発を命じた。

その後に、大隈、伊藤の両参議の馬車が続いた。

参議ばかりでなく、利通は、この開業式に内国博覧会の事務長であり勧商局長である河瀬を出席させることにしていた。他に横浜税関長の本野盛亨《もとのもりみち》、中井弘《なかいひろし》工部少書記官が利通らとは別の車列で同行していた。

中井弘は、薩摩出身の士族であり、利通が明治六年五月に米欧回覧の旅から急遽《きゅうきょ》帰国する際、パリ郊外のサンジェルマンアンレイで開かれた送別の宴の参加者の一人である。語学の才に恵まれた男で、工部卿の伊藤からも信頼されていた。いずれ、工部省を背負う人物と、利通も期待していた。

上州・新町は、中山道六十九宿の内、江戸日本橋から数えて十一番目の宿場である。中山道で最も新しく生まれた宿ということでこの名前が付いたと、利通は聞いていた。武蔵の国最後の宿である本庄《ほんじょう》宿から次の宿で、ここから中山道の上州路が始まり、碓氷峠《うすいとうげ》までが続く。

「ここからが群馬でございますね」

同じ馬車に乗り合わせた前島密が窓外を見つめて言った。

「佐々木《ささき》少書記官もようやくここまで漕《こ》ぎ着けましたな」

前島の言う通りである。

紡績場から出る屑糸《くずいと》を再生して使用に耐えるものとするこの工場は、内務省勧農局の少書記官である佐々木長淳《ながあつ》の努力の成果であった。

佐々木は元福井藩士で開明派であった君主の松平慶永のもとで藩の殖産興業策に尽力し、維新直前の慶応三年藩命でアメリカに渡った。藩内では火薬や鉄砲の生産に従事しており、アメリカでジョンソン大統領に謁見して南北戦争後の不用の野砲や小銃を買い付けて帰国した。さらに県の産業基盤整備のためにアメリカから織物器械を購入するなど福井の産業基盤の整備に努めた。

明治四年、工部省に出仕して全国規模での殖産事業に挺身《ていしん》し、明治六年にウイーンで開催された万国博覧会に二等事務官として参加した。この公務の傍ら、佐々木は欧州各地の養蚕製糸業の現場を視察した。とくに佐々木はスイスで屑糸や屑繭《くずまゆ》を再利用して新しい生糸を生み出す様を見て驚き、これを日本に導入しようと図った。佐々木は帰国した明治六年十一月、利通が設立したばかりの内務省にこの工場建設を進言した。

内務卿であった利通は、この時、初めて佐々木の人となりを知る機会を得た。だが、屑糸を再利用する技術については、明治四年に出発した米欧回覧の旅の途中、フランス・リヨンで見聞し、その原料が日本から輸入された屑糸であることに驚いた経験を持っていた。このため、利通は積極的にこの進言を具体化するよう省内で検討を重ね、明治七年に三条太政大臣に建言書を提出し、以後、建設に関わる詳細な調査が佐々木を中心に行われ、明治八年十二月に詳細な計画を列挙した第二次の建設伺いが提出されてようやく認可となったのだ。利通にとってこの紡績場はまさに利通自らの「富岡《とみおか》製糸場」であったと言える。

また明日の開業式で群馬県令の楫取素彦《かとりもとひこ》に会えるのも楽しみにしていた。

利通は足柄《あしがら》県令から去年、楫取を群馬県令に移した。楫取は長州藩士として吉田松陰の盟友であり、松陰の妹を後妻として娶《めと》っていた。討幕のために奔走したが、維新後しばらく郷里の萩に引き籠もっていた。

だが、その才を認める同郷の伊藤らが東京に呼び出して、明治五年足柄県参事の職に就かせた。地方行政に力を尽くすその姿勢に、利通も注目し、上州・熊谷《くまがや》県令に異動させ、熊谷県を二分して新たに生まれた第二次群馬県の県令として養蚕業や製糸業の基盤整備に尽力していた。

上京の折には、大蔵省や工部省とともに上級官庁である内務省の利通を訪ねてくる。

楫取は、その折、明治五年に完成した富岡製糸場の現状とともに群馬県での殖産興業事業の詳細を精力的に語ってくれていた。

細かい営業報告は常時、製糸場から受けていたが、改めて利通は前島に尋ねた。

「富岡は黒字となったようだな」

「まだ恒常的に十分な経常益は上げられておりませんが、少しずつ成果を挙げているようです」

前島によると、明治五年の開業から八年末までの収支は十一万三千百円あまりの赤字だという。ブリュナを始めとするお雇い外国人技術者やかれらのためのフランス人医師の給料がかなり高額であったためであるが、明治八年十二月末までに契約が解除されたことが理由であった。そして、去年の明治九年度は原料である繭がかってない豊作となり、質の良い繭を安値で購入できたため、さらに生産された生糸を高値で売却できたらしい。明治九年七月から今年六月までの実績はようやく五万二千六百円の黒字を出しているとのことだ。さらに、今年明治十年度も十万円の黒字が見込まれるとの報告も、利通は受けていた。

富岡の経営状態と同様、新町の紡績所も初めての事業である。試行錯誤があって当然と、利通は考えていた。これから向う新町の工場もまさに西欧諸国、とくにイタリアで実施されている屑糸の再利用という実例を初めて導入したものだ。その成果が経営の面ですぐに現れるかどうか未知数である。

利通にとってあらゆる新規事業は日本の未来への架け橋に等しいものであり、失敗を恐れてはならないものであった。

政府一行の馬車の隊列は、武蔵・本庄宿と上州・新町宿の境にある神流川《かんながわ》を渡った。

一晩、新町の旅館で過ごした利通一行は翌十日、楫取県令一行とともに、午前九時に街道の北に建てられた紡績所に向った。

門前では、新町紡績所の初代所長である佐々木長淳と勧農局御用係の人見寧《ひとみやすし》、お雇い外国人であるスイス人のベール、ドイツ人のグレベンとマルチンが利通たちを出迎えた。さらに、男子技術工五十六人と女子技術工百六十五人が左右に分かれて立ち、馬車の列に深々と頭を下げた。

佐々木によると、現地では、男子技術工は「技男」、女子技術工は「技女」と呼ばれているという。「技女」は、富岡製糸場と同じく高崎藩や前橋藩の士族の娘たちが採用されており、利通から見ても立ち振る舞いが上品であった。

佐々木の案内で利通たち一行は本館事務所の最上階に案内された。

その場所にはすでに開業式のための晴れがましい飾りつけがこらされており、利通らはそれぞれ決められた席についた。

先ず、内務卿である利通が、日本初となる屑糸紡績場の開業を祝う式辞を声たからかに述べた。

それは、これまで、屑糸や屑繭の再生技術が無かったために、多くの財を外国商の手にゆだねたことの無念さを率直に吐露し、この工場をまさに今日本が押し進めようとしている殖産興業の重要な拠点とすべきというものだった。

利通に続き、佐々木所長がお礼の挨拶をした。その後、群馬県令である楫取素彦が上州の地がいかに昔から養蚕、紡績に適した土地柄であり、富岡製糸場と新町紡績所で生産される優れた生糸が世界中に輸出され国を富ませることが可能となったと力強く語り、開業式は閉幕となった。


十一月一日、西南の役で勲功を挙げた陸軍少将の三浦梧楼《みうらごろう》、谷干城、三好重臣が海路で横浜に凱旋した。

この日の朝、利通は晴れやかな気分で三条、岩倉の両大臣と他の参議とともに三浦少将らを新橋停車場で出迎えた。

利通は、前日の十月三十一日、河瀬からの報告でようやくコレラ禍が終焉《しゅうえん》し、博覧会の入場者数が開幕当初の程度に戻ってきたことを知った。報告を聞くやいなや、久しぶりに利通は前島や河瀬と笑顔で雑談を交わした。この十日あまり執務室に閉じこもったきりで、業務の簡単な指示以外に前島や河瀬と話そうとしなかっただけに、かれらの顔つきも和らいでいるようであった。

師団を率いて戦った三人の少将の凱旋により、先月十六日に戻った征討参軍の山県有朋と陸軍少将高島鞆之助、さらに山田顕義陸軍少将を加えると、主だった軍幹部の殆んどが九州の地から離れた。事実上の終戦を迎えたことになったのである。

翌日の二日、西南の役の勲功を讃える勲章として有栖川宮熾仁親王に勲一等が授与された。さらに、軍功のあった山県有朋、西郷従道、黒田清隆、川村純義らに勲一等、旭日大綬章《きょくじつ》を授与された。また、利通を始めとして、大隈重信、大木喬任、寺島宗則、伊藤博文ら参議に対しても、勲一等、旭日大綬章が伝達され、八ヶ月に及ぶ戦争が締めくくられた。

だが、利通ら政府首脳にとって、解決しなくてはならない問題が残っていた。予想をはるかに超えた軍事費の処理である。

三日の天長節《てんちょうせつ》の諸行事が終わると、利通は大蔵卿の大隈と松方大輔とともに善後策を練らねばならなかった。

六日は、天皇の裏霞ヶ関の有栖川宮邸への行幸があり、全参議が出席することになっているため、前日の五日に太政官で、大隈や松方との会議を開いた。

午前九時、馬車で紀尾井町を抜けて赤坂仮御所の太政官に着くと、すでに二人が会議室で待っていた。松方は分厚い予算書を携えている。

「困った事が起きそうでして……」

利通の顔を見るなり、大隈は松方と顔を見合わせながら言った。

「やはり、増刷しかありませぬか」

以前からこの事態が起きると思っていたので、利通は大隈に平静な口調で答えた。

「その件は後ほどにいたしますが、実は贋札《がんさつ》の問題が出ております」

利通は贋札という言葉で、戦の末期に西郷軍が日向近辺で発行した私札の一件とわかった。だが、桐野ら幹部が軍事費に窮迫し、秘かに印刷した札と引き換えに大量の物資を入手しているとの情報だけでその実態は詳しく知らなかった。

「九州各地で、この札で無理やりに品を西郷軍に納めさせられた者たちが政府に札の交換を求めております。風評が流れておりましてな。いずれ政府が補償してくれるので、大事に持っていた方がよいとか、実に厄介なことです」

松方が渋い顔で言った。

「すべて終わった筈ではないのですか」

十月六日に、利通ら政府はこの贋札まがいの札を通用禁止にしていた。それが何故今頃、と利通は思った。

「論外でしょう」

はっきりと、利通は答えた。

贋札の受け取りがたとえ桐野らの脅迫があったにせよ、政府とは無関係であり、あくまで私的な関係によるものだ。断固として関わるべきではないと思った。

「だが、鹿児島県令の発行した札だけは補償せねばならないな」

利通の言葉に大隈と松方は安堵したように頷いた。かれらも全く同意見らしかった。

西郷軍に同調して資金的にも援助した大山綱良の要請により発行された札、承恵社《しょうけいしゃ》札《さつ》のことである。

大山は先ず鹿児島県が公金で設立した金融会社の承恵社に軍資金の提供を求めたが、社に現金が乏しかった。そこで社は市内の富商に依頼して出資させ、その証書として発行したのが承恵社札であった。大山に代わり県令となった岩村通俊《いわむらみちとし》から内務少輔の林を通じて補償の伺いが利通に届いていた。薩摩軍に加担したとはいえ、鹿児島県として公に補償した札である。総額はおよそ四十万円と聞いていた。

「早速、岩村県令と補償について連絡いたします」

松方が答えた。

「では、本題の軍費の一件に」

気配を察して、大隈が松方に視線を移した。

「これまでの征討費の現状説明をお願いする」

松方は頷いて、大隈とともにまとめた資料を利通に渡して、説明を始めた。

松方が大隈に代わり大阪まで出張し、増額となった戦費の全額を設立したばかりの第十五国立銀行券で補うことを図った。

だが、現地の陸軍は、銀行紙幣では、大阪や九州の商人たちから物品や軍需物資の購入ができなかった。西郷従道ら軍首脳は、全額政府発行の明治通宝札の増刷で賄うことを頑強に主張した。結局、要求額の六割にあたる千二百五十万円もの政府紙幣を発行して、軍部の要求に応えざるを得なかった。その後、戦争の進行とともに、その軍費の支出は膨大なものになりつつあった。取りあえず、征討費に関する支出は十月十六日に締め切られたことから、今後、征討費のすべてを洗い出しながら、その手当てに取り組まねばならないと、松方は述べた。

利通が以前入手した明治十年度の予算執行は、今年七月から来年六月までの一年間である。経常費は四千九百九十六万八千円、臨時費は三百七十九万円で、合計すると五千三百七十五万八千円であった。

だが、松方によると、この戦役での支出は四千万円を突破する見通しだという。この額は経常費と臨時費を合わせた国家予算の七割をはるかに超える額だ。

「軍需物質を戦地まで運ぶために雇った者への日当は予想をはるかに超えました。戦場が熊本から日向、そして鹿児島とこの七ヶ月で次々と変わったことが原因です」

松方の言った戦場の変遷を、利通は思い浮かべた。

たしかにその戦場は西郷軍を追って、十万人を超える兵士たちが転戦し、その戦場まで多くの弾薬、食糧を供給せねばならなかった。危険な戦場の合間の不完全な道を必死の思いで運搬業務に当たった臨時雇いの男たちには通常の日当よりかなり割高の額を支払わねば雇うことは不可能だった。結局、全体での雇用費用は千三百六万円に達するという。この金額は征討費全体の三分の一を超えるものだった。

松方の説明によると、通常の日当は一日六十銭でしかないのだが、かれらは八十銭から一円を要求し、拒否されるなら就業しないと強硬な姿勢だったらしい。

利通は日当の増額を当然のこととした。かれらの働きがなかったら、西郷軍の移動に敏速に対応し追いつくことは不可能だったのだ。

　現地の政府軍は弾薬の調達にも苦労があったという。当初、兵の携帯するスナイドル銃の弾薬は開戦当時、横浜には千発しかなく、急遽、上海《シャンハイ》に五万発を発注したが、一発四銭五厘という高値でしか緊急輸入できなかったとのことだ。

　さらに、松方の用意した資料には、戦地の住民たちに対する窮民救済の支出もあった。それは、火災で焼け出された人々の避難のための小屋掛け費や食糧費などであった。

　このことに早くから気づいた利通は、大隈と協議して西郷軍が退去した熊本市内の復興のために林友幸少輔を現地に派遣した。当初、利通は大蔵省に百五十万円を要求したが、大蔵省の結論はどうやら半額の六十一万円にとどまるというのだ。

「やはり、戦の被害は熊本だけに止まらなかったわけですから、致し方ありません。日向大分らへの手当をするとしたら膨大な支出となります」

　大隈の弁にも一理ある。利通は限られた予算を考えると、大隈や松方の意見に従わねばならなかった。

「今日、お見せしたのは、おおよその金額でございます。さらに調査を進めて確定額としたいと思っております。すべての処理が終了するまで、二年はかかるやと思いますが」

利通も、今年度限りですべての征討費の処理が終わるとは思っていなかった。

国の台所を預かる大蔵省にその最後の処理を任せねばならない。いずれ、征討費の業務の総責任者として大隈を任命するつもりだった。

「これほどの金がかかるとは思ってもみませんでしたな。当初、山県さんが要求したのは二十万円ばかりの銭でした。戦というもの、それも大量の砲や銃を使っての戦がこれほど長期にわたって続くとは思いもせなんだ」

大隈は嘆息したが、続けて、

「いずれにしても、四千万を超える出費は、今後も政府紙幣の増刷で、何とか凌ぐことができそうですから」

と、楽観的な面持ちで言った。

「いや……」

松方がふと呟いた。

「……？」

利通は疑問に思って松方を見つめた。

「松方さん、どうされた？」

役職は上位の大蔵卿だが、大隈は年上の松方に対してはいつも丁寧な言葉遣いをする。年齢と同時に、共に長崎の藩の蔵屋敷で維新を迎え、治安の安定を図った同志としての思いもこめられていた。

「政府紙幣の増刷はまさに一時凌ぎの策でした。どうにか軍費は賄えても……」

松方は言い難そうな顔を見せた。

「政府紙幣は維新当初に発行した太政官札同様に金銀の裏付けのない紙の札でした。そのため、札の価値が値下がりしたのはご存じの筈。それと同様の事態が起きないとは限りません」

利通は松方の心配がよくわかる。あの不換紙幣である太政官札を回収するために政府がどれほど苦労しているかがそれを示していた。さらに、この戦で思いがけないゲルマン札と言われる政府紙幣の大量増刷で数字だけは収支の帳尻は合わせられる。だが、その結果はまだ出ていない。

「太政官札は銭の相場だけのことでしたが、今度は物の値段に関わるのではないかと」

利通にとって、すぐには答えられる事ではなかった。

この一件は、大隈や松方ら大蔵省の専任事項だ。今は、財政面での戦後処理を済まさねばならない。

「大隈さん、早急に征討費の収支を確定して戴きたい。年末までに三条卿と岩倉卿に報告を済まさねばなりませぬ」

利通は、大隈に向かって要請した。

この戦は巨額の戦費を費やしたばかりではない。西郷隆盛を始めとして、維新後の日本を支える薩摩の有為な人材を多く失った。

この犠牲をどのように新しい国作りに生かしていくか、利通はその課題の重さを思い知った。

第七章　上京

明治十年十一月中旬、金沢から上京した長連豪は東京での宿として、先ず本郷四丁目の旅館三河屋《みかわ》に入った。

この宿には、大久保殺害を決意し血盟を誓った脇田巧一と松田克之がすでに滞在していた。だが、盟主島田一郎はまだ金沢におり、時期を見計らって上京することにしていた。

最後の最後まで、密事の漏洩を防ぐための配慮であった。

本郷四丁目のこの宿は、旧藩主前田家の上屋敷の真向かいにあった。

金沢から職を求めて上京する士族たちが取りあえず泊まる宿であった。三河屋の主人は元加賀藩士の木村到英《とうえい》という男で、島田は小さい頃から木村を知っており、東京に来た際、利用する宿である。

長は三年前の明治七年、本郷界隈で斬奸状の執筆を依頼した陸義猶に会っていた。その時、長は長家の旧臣であった佐々木家を宿としていたので、同じく本郷に滞在していた陸がその家を訪ねてきてくれたのだ。その折、陸から鹿児島に戻った西郷隆盛や桐野利秋らの国の前途を思う強い熱情を聞かされた。長が鹿児島に出向き、桐野に会おうと思ったのは、その時の陸との交情があったからだ。

しかし、その時と較べて、さらに本郷界隈は変貌していた。

長が驚いたのは、かつて広大な敷地を有していた上屋敷だったが、その狭い一角に第十五代の前田家当主利嗣が住んでいたことだ。そして、政府に召し上げとなった大部分の敷地は文部省の所有地となり、すでに東京大学の医学部の校舎が完成していた。三河屋の木村によると、いずれ神田錦町《にしきちょう》にある東京開成学校が移ってくるという。

長は、先ず同宿の脇田と松田とともに、神田で買い求めた東京の地図で今後の行動を話し合った。この地図は今年売り出された最も新しい地図である。神保町《じんぼうちょう》の本屋の主人が勧めたこの地図は、細かな番地は無論のこと政府高官や元大名家の当主の名も記入されている詳しいものであった。

「裏霞ヶ関、ここだ」

先ず、脇田が金沢で調べてきたらしく、一気に大久保利通の住居を指した。長が眼を凝らすと、そこに「大久保参議」と書き記されていた。

南隣は有栖川宮の別邸、道を隔てた西側には元佐賀藩主の鍋島直大《なべしまなおひろ》邸と華族会館があり、さらに北に向かうと西郷従道の名前もあった。

「ここは外務省の裏手にあたり、すべて大名屋敷があったところだな」

松田の言葉に、

「そうだな。尾張屋版の江戸図と突き合せれば一目瞭然だ」

と、脇田もかすかに頷いて言った。

尾張屋の江戸切絵図は、金沢の藩士たちにとって欠かせない地図であった。参勤交代で金沢から眼の前の本郷の上屋敷に入って数年間はこの絵図を頼りに江戸を歩いたものらしい。だが、まだ二十二歳の長にとっては参勤の事など思い出話でしか聞いたことがない。長には今、眼にしている地図を頼りに実行の策を立てねばならない。

「いずれ、島田殿の上京により大久保を討ち果たす場所を決めることになります。しかし、屋敷の近辺では無理かと思われます」

脇田も松田も年上である。長は控えめに言うと、

「いや、そうとも限るまい。自邸近くに来れば油断することもあり得る」

「いかにも、その手があるかもな」

脇田と松田が相次いで言った。

「参議筆頭の大久保です。警察の見張り番が当然近くで警備にあたっております。よほど用心してかからねばと思いますが」

少し語調を険しくすると、脇田たちは顔をしかめた。

「わかった。いずれ万全の策は何か、はっきりせねばならん。それから……」

脇田が話題を変えて、長に訊いた。

「われらもいずれここを去らねばな。三人が同じ宿では疑われるやも知れん」

松田がぽつりと言った。

「いや、構うことはない。ここはわれら金沢藩士の定宿ではないか」

平然と脇田は答えた。長も同意した。

「お二人はしばらくここでよいでしょう。しかし、わたしは余所へ移るつもりです」

長は、この本郷は利通の家とあまりに離れていることが難であると、二人に告げた。利通の動静を事細かく知るには、太政官近くに宿を移さねばならないのだ。

「島田さんからも最終的な集合場所を決めておくようにと言われております」

長の言葉に、二人は納得したようだった。

「しかし、まだ足りぬな。われら三人と、まだ東京に来ておらぬ島田殿、そして杉本乙菊、全部で五人だけだが」

脇田の顔が強張る。すると、松田が励ますように言い切った。

「いや、他に大野、堀江《ほりえ》がいる。かれらも勇気ある同志だ」

「たしかに、まだ金沢には心強い同志が残っています。そのために島田殿は上京を延ばしているのです」

松田が名をあげた二人の顔を、長は思い浮かべた。

大野成忠と堀江忠次郎《ちゅうじろう》はいずれも三光寺派の同志である。島田からの書簡によると、島田の同志獲得の手助けをしつつ、自らも決起を図るつもりとのことだ。

「おそらく、かれらも上京することになるでしょう」

長はさらにかれら三人以外にも、島田が決起する同志を必死になって募っていることを脇田に話した。

「よし、決起する者が増えれば、それだけ事が成就する」

脇田は笑みを浮かべた。

金沢に残り、秘かに活動している島田の苦労を、長は思いやった。

十二月二十日、長は宿泊先を移った。

宿の名は林屋《はやしや》といい、場所は四谷尾張町《よつやおわりちょう》である。

皇居の四谷御門に近い場所で、北にかつての尾張徳川家の下屋敷があった。そのため、明治二年に四谷伝馬《てんま》一丁目にあった天徳寺門前代地が改称されて、「尾張町」と名づけられたと、宿屋の主人である林佐平から聞かされていた。外堀沿いを南に行くと旧紀伊藩上屋敷であり、今は赤坂仮御所と宮内省さらに政府の中枢機関である太政官がおかれている。内務卿である利通の執務場所と目と鼻の距離であり、利通の動静を探るのには最適の宿だ。

長はこの宿を決起のための集結所として使うつもりであり、この宿の詳しい情報はすでに金沢の島田に書簡で知らせてある。

翌日の朝早く、本郷の宿にいた松田が金沢から上京したばかりの杉村文一《すぎむらぶんいち》を連れて、長の宿に来た。

杉村は、かつて三光寺の会合に顔を見せたことがあったので、長にとって初対面の男ではなかった。だが、決起の件については時期尚早として否定的であった。そのため、西南の役の終結後、利通暗殺についての密会には出席せず、故郷の七尾村《ななおむら》で暮らしていた。

安政四年（一八五七）生まれでまだ十七歳という若さだ。早熟な杉村は早くから国事に奔走し、先ず長と親交を深めた。長兄の杉村寛正《かんせい》は忠告社の領袖《りょうしゅう》であり、最後まで島田ら三光寺派の行動を認めなかったが、かれは兄との絶縁も辞さず、島田らに従う決心を固めていた。それは、変則学校で松田や大野らと深い交流があったからである。

杉村が英学を学ぶために故郷の七尾村を出て金沢に立ち寄り、そこで松田とともに変則学校で親しかった大野から大久保殺害の秘事を打ち明けられた。心を動かされた杉村は決起の意志を固めたという。

親友の大野から、上京後はすでに決行の備えをしている松田を先ず訪ねるよう言われて、本郷の宿に来たという。

「よく決意された」

長にとって、杉村の参加はこの上ない朗報であった。杉村の表情にはかつて金沢で会っていた時とはまるで異なる厳しさが溢れていた。

「大野君たちも間もなく上京とのことです」

松田が喜色を浮かべた。

「助かります。決行はたった一度のこと、われら同志の数は多いほど良いでしょう」

「実は、表向きには、上京の理由を学業のためとしております」

決起参加を最終的に決意した杉村は、先ず兄の杉村虎一《こいち》の家に寄留し、いずれ、芝愛宕下《あたごした》にある勧学義塾《かんがくぎじゅく》という私塾の寄宿舎に入ることにしていた。その時期は、二月上旬という。

しばらくして、長は杉村とともに、芝愛宕下に足を運んだ。

杉村が通うという学校を検分するためだ。可能なら、杉村に加えて脇田や松田も決起の前に在籍させ、上京の理由にできると思ったからだ。元藩士の常宿とはいえ、三光寺派の二人が同じ宿で時を過ごすのは危ういと判断した。杉村を連れてきた松田も同行を望んだが、三人では目立ちすぎると思い、本郷に戻るよう説得した。

外堀沿いの道は、数日前に降った雪が取り除かれていたが、長たちの草履は泥濘《ぬかるみ》で汚れた。

警護の近衛兵の前を通り過ぎた後、長は左手の坂の前で足を止めた。

「どちらへ？」

不服そうな表情を見せたが、

「実は、大久保の太政官への登庁経路を探ってみたい」

長は歩きながら言うと、左手の堀を渡った。

その言葉で、杉村はすぐに納得したようだった。

長は地図でしか確かめられていない利通の屋敷周辺と太政官への登庁経路をこの機会に確かめたかった。松田を連れて来なかったのは、眼光鋭い壮士風の顔立ちをした松田を加えるのを避けたためである。それに杉村の顔つきは遊学のために上京したばかりに見え、先に上京した郷里の先輩が東京案内をするかのように歩けば怪しまれないと考えたからであった。

堀を跨《また》ぐ道は、馬車一台が優に通れるほどの道で喰違《くいちがい》見附と呼ばれる所だ。三年前の一月、赤坂仮御所から退出した岩倉具視右大臣がここで高知藩の士族たちに襲われた。かれら土佐藩の士族は西郷隆盛や板垣退助らを政府から追放した岩倉を弾劾《だんがい》したのだ。

まさに長たちはかれらと同じように岩倉とともに西郷を死に至らしめた利通を襲うのだ。だが、長は無言で喰違見附を通り過ぎた。

「ここから紀尾井町ということになる。利通は必ずこの町筋を抜けて、登庁する筈だ」

長の言葉に、杉村は頷いた。

紀尾井町という町名は、その地名の通りかつて紀州、尾張、井伊彦根藩の屋敷のあったことから付けられた。維新によって大名屋敷は政府によって上地され、今は政府機関と華族の屋敷に代わっている。長は杉村を導いて、赤坂御門近くに抜ける道を南に下った。右手の広大な尾張藩屋敷跡は、華族である壬生基修《みぶもとなが》邸、左手の井伊屋敷は中教院《ちゅうきょういん》と北白川宮能久《きたしらかわのみやよしひさ》邸となっている。

「中教院は金沢にもありますが」

杉村が言った。

「利通たちが勝手に創った無用な役所だ」

歩きながら右を見て、長が舌打ちした。仏教から神道へと大きく変わる宗教政策により、東京の本部として大教院、そして金沢を始め各地に置かれた中教院だが、噂では強力な主導的政策を実行しないまま歳月を重ねているという。長も詳しい業務内容を知っているわけではないが、杉村にとっても縁の薄い役所だ。

「この道……」

長は改めて両側を見渡した。

道沿いに塀が無く木々に覆われており、屋敷を直接見渡せるような場所ではなかった。現に昼近くでありながら、二人の官吏らしい中年の男とすれ違っただけで、通行人はほとんどいなかった。

「ここを通って、利通が太政官に行くとするなら……」

長は杉村を見つめた。

「その可能性があります」

杉村が答えた。

「都合よくいけばだが」

「たしかに。まだ時があります。大野たちも年明けには上京しますから、その調べはできます」

長は力強く答える杉村を見て、満足な思いがした。年はまだ若いが、信念を貫く気丈な性格だと確信した。

長は杉村とともに、さらに南に道を取った。

赤坂御門を抜ければ、太政官前を通る外堀沿いの道に出るのだが、利通の住む裏霞ヶ関の屋敷をこの眼で確かめたかった。そのためには、陸軍省や参謀本部、さらにドイツ公使館、さらに外務省が立ち並ぶ一帯に足を踏み入れねばならない。

「利通の屋敷はもうすぐだ」

入手した埼玉県士族の市原正秀が書いたという地図はすべて頭に叩き込んでいる。

その地図にある「裏霞ヶ関三番　大久保参議」という文字を思い浮かべていた。

先ず、長は道すがら、物見遊山を装って日枝《ひえ》神社に参詣した。

社殿で手を合わせた後、社務所で由緒書を入手して、二人で順々に眼を通した。

元々家康が関東入国時に江戸の守り神として江戸城内の紅葉山に鎮座したが、その後、半蔵門外に移されて、最終的には明暦の大火以降、この地に移されたと書かれていた。寒い日であったが、意外に参拝者が多い。休暇中であろうか、軍人らの姿も見られた。

日枝神社から東に降りると、華族会館の前を出る。この一帯は殆ど政府高官の居住地だ。四つ角を右に曲がった。道沿いにあるのが佐賀藩出身の大木喬任参議の屋敷であり、その前を過ぎると、二階建ての洋館が眼に入った。瀟洒《しょうしゃ》な造りである。

いかにも西郷、木戸無き後、政府の屋台骨を支えている参議内務卿の利通らしい住居だ。西南の役の後、天皇が三条太政大臣らとともに慰労を兼ねて臨幸したという。杉村長はその建物の前を通り過ぎる時、かすかに首を回して、杉村に眼をやった。杉村は即座に覚ったらしくかすかに頷いた。

幸い、あたりに人影はなかった。

利通の馬車の太政官への道はここを出て右に曲がり、そのまま北に進む。道の右手にある西郷従道邸を通り過ぎ、そのまま北上……。

長は利通の動きを頭の中で辿った。

——突き当りを左に折れて、西に進み、さらに三叉路を北上すれば紀尾井町……。

長と杉村は元黒田家上屋敷であった外務省の横を抜けて南に進み、虎ノ御門を抜けて外堀沿いの元の道に戻った。

堀端にわずかに残る雪を踏みしめて、長は杉村に言った。

「登庁の道筋に必ず格好の場所が見つかる筈だ」

杉村は納得して、大きく首を縦に振った。緊張のせいか、その顔はわずかに火照《ほて》っていた。


虎ノ御門から外堀沿いの道を離れて南西に進むと、工部省の庁舎が右手に見えた。

大久保の信頼している長州藩出身の参議伊藤博文が統括している役所だ。大久保の殖産興業政策を忠実に遂行し、西南の役でも維新の最大の功労者である西郷を打倒し、今や権力の中枢に座っている男だ。大久保とともに葬り去ってしかるべき人物と、長は見ていた。

工部省の前から目当ての勧学義塾までの道については、長は詳しく知らない。だが、前に上京した時に、途中の愛宕神社に参詣したことがある。その山下は中小の大名家の上屋敷で埋まっていたが、維新後の姿を見るのは初めてのことだ。すでに一度、入学手続きを済ませたという杉村に案内してもらわねばならない。

「ここからはそれほど遠くではありませぬ。前に寄ったことがある店でそばなどいかがでしょう」

と言って、杉村は前を歩き出した。

工部省前から小路を右に進んだ。

狭い道が続く。

このまま南に行くと、愛宕山の脇を通り、かつての大名小路に入る。

だが、長は大名小路がどのように変わったのか見てみたくなり、愛宕山に登ることにした。宿で少しばかり聞いた勧学義塾について杉村から詳しく聞き出したい思いもあったからだ。

愛宕山に登るには、一先ず南に回って鳥居をくぐり、七十近くの石段を上る。男坂と呼ばれる急な石段だ。かつて郷里の師である陸義猶に案内されてここへ来た時、陸から寛永の三馬術のひとり間垣《まがき》平九郎《へいくろう》が馬でここを駆け上がり山頂の梅を手折って戻った時の逸話を聞いたことがある。博識の睦が言うには、そのころの山頂までは石段が無く、玉石を敷いただけだったとのことだ。石段の駆け上がりは後世の講談師が作り上げた話だと、陸が面白そうに話してくれたことがある。

——陸にも会わねばならぬ。

杉村と石段を踏みしめながら、長は思った。

今、陸は東京にいる。

その住処《すみか》もわかっていた。斬奸状の執筆を依頼し、書いてもらったが、いずれ島田が上京する時に持参してくることになっていた。斬奸状を陸から手渡されてからすでに二ヶ月以上過ぎたが、決起の意志は固く襲撃の手筈を進めていることを、上京中の陸に伝えねばならない。決起という直接行動には参加を要請しないが、欠くべからざる精神的な同志としての立場は変わることがない。あの長文に渡る斬奸状こそ、長らの決起の正当性を余すことなく伝えているのだ。

「どうされた？」

山頂にある愛宕神社の社殿の前で、杉村が長に問いかけた。

「いや、何でもない」

と答えて、長は愛宕神社の社殿前に進んだ。斬奸状の件は、後でゆっくり杉村に話すつもりだ。

社殿は三年前と比べて真新しいもので、長が息を呑むほど豪華なものだ。

「立派に立てられましたな」

並んで参拝した白髪の老人が一緒にきた友人らしき男に言っていた。二人の口ぶりでは、今年の九月に社殿、幣殿、社務所のすべてが建て直されたらしい。

「なかなか見事ですね。この寒さでも参拝者が多い」

愛宕神社は初めてという杉村が回りを見ながら言った。

長は以前にも入ったことのある山頂の見晴らし台に杉村を誘った。陸と来た時は、五月で山裾まで鮮やかな緑に覆われていた。今は唯、裸の木々が立ち並んでいるだけだ。そして、建物群の背後に江戸湾がひろがっていた。まさに江戸の庶民の好む景勝地である。

「義塾はたしかあの辺りと思われますが」

杉村が指差した方向を見たが、長屋門と土塀に囲まれた屋敷が見えるだけでよくわからなかった。

かつて建ち並んでいた大名屋敷地はところどころ歯が抜けたように空地となっていた。政府の強引な上地政策で次々と移転を余儀なくされた大名家も多いらしい。土地売買の自由が認められた今、更地にして商人に売り渡した結果だろう。見晴し台の隅に、参拝客のために甘酒を売る店が出ていた。香ばしい匂いと鍋の湯気に誘われるように、長たちは甘酒を買い求めた。

「塾は、旧美濃苗木《なえぎ》藩の上屋敷をそのまま使っております」

と、上京した直後に兄に連れられて見学したという杉村が塾の概要を話してくれた。

塾は寄宿制で、江戸詰めの家臣たちの寝起きしていた長屋がそのまま塾生の寄宿舎となっているとのことだ。

塾の学長は旧常陸下館《ひたちしもだて》藩主の石川総管《いしかわふさかね》と旧近江三上《おうみみかみ》藩藩主の遠藤胤城《えんどうたねき》で、教師に大学南校の助教六人と英国人二人がおり、英語と数学を教える塾とのことだ。さらに、この塾の経営には、中小の譜代大名や華族三十人が加わっているという。杉村によると、この勧学義塾以外に大名家が創設した塾は東京に八校もあるとのことだ。

長は、時代に乗り遅れまいと、利通らの愚劣な西洋かぶれの政策に媚びた学校のような気がしてならなかった。しかし、今、東京ではこうした私塾が次々と開校して、地方の士族の青年たちが上京してきているのは確かだろう。

「これからは英語を学び、さらに西欧の進んだ学問を身につけるためには算術ではなく西欧の数学を学ばねばと、金沢で考えておりました」

眼下の屋敷を見下ろしながら、杉村は寒気で紅潮した頬を少し震わせた。

「いいのか……」

杉村を見つめた。

「はい」

――命を捨てることになる。本当にいいのか？

長は、その言葉を口に出さず、杉村を見つめた。

「兄には何も話しません。学問がしたいからだとしか告げておりません」

長の思いを覚ったかのような口ぶりだった。

「士族の誇りを切り刻み、権力をほしいままに振るう利通を倒さねば日本は滅びます
る」

杉村が大きく息を吐いた。その白い息は寒気の中に流れ込んだ。

「降りるか」

長は杉村に言って、海側の男坂を降りた。

長は坂下の勧学義塾の内部に入るつもりはなかった。場所を確認しておきたかった
だけだ。杉村がこの義塾に入学し寄宿生活を送るのに合わせて、脇田や松田も一緒に
入学の手続きを取らせておけばと思ったに過ぎない。塾の内容など、今後、杉村が詳

しく伝えればいいだけだ。

決行までの仮の住処《すみか》として、三人をここに送り込み、決起の好機を待つのだ。

来年になれば、宰領の島田が上京し、すべての段取りが決まる。今は、この若い杉村が同志として加わったことを喜ぶだけでいい。

長は石段を注意深く踏みしめながら下った。

いつしか、顔に小雪がちらつき始めた。

思わず、長は体を前に倒して、雪片が顔にかかるのを避けた。

第八章　起業公債

明治十一年一月四日。

例年とは異なる暖かな日和である。

西南の役による混乱と動揺の年が明け、太政官での政務が開始された。

元日の四方拝《しほうはい》を始めとする恒例の神事を済ませ、この日、天皇は平服で太政官に臨御された。

一時間程度で終わった太政官での業務が終わり、利通は裏霞ヶ関の自邸に、伊藤工部卿を招いた。

去年は、二月から九月まで繰り広げられた九州での戦乱、さらにその渦中で開催された勧業博覧会と、利通や伊藤にとって多難多忙の日々であった。

とくに西南の役で一時開催が危ぶまれた勧業博覧会であった。だが、元皇女和宮の静寛院宮《せいかんいんのみや》の死去に伴う九月三日四日と、東京を襲った暴風雨での十月十二日、合せて三日間閉場しただけで、最終日の十一月三十日には一万四千人の入場者となった。

事務局長の河瀬によると、開幕した八月二十一日から閉幕までに合計四十五万四千百六十八人が入場したとのことだ。明治九年の調査では東京府の総人口が八十九万六百九十一人であることからすると、府民の半数近くが博覧会を訪れたことになる。

盟友西郷や故郷鹿児島の多くの若者の死という悲劇の中での博覧会の成功は、利通をひとまず安堵させていた。

「おめでとうございます。奥様もお変わりなく」

屋敷の玄関で出迎えた利通と妻の満寿子に伊藤は笑みをたたえて言った。

「本年もよろしくお願いします」

新年らしい晴れやかな柄の着物をまとった満寿子が丁重に頭をさげた。夫の細かな政務は知らなかったが、満寿子は伊藤が夫の果たす職務の重要な補佐役であることがわかっている。

すると、満寿子の胸に抱かれていた芳子が身を乗り出した。

「芳子ちゃん、ほう、お利口さんだ。後でお年玉をあげるね」

如才ない伊藤の言葉がわかったのかどうか、芳子はふと笑みを浮かべた。

「さて……、もうすぐ二つになりますかな」

階下の応接間に利通らと差向いになった時、伊藤が言った。

利通の顔から思わず笑みがこぼれた。

「わたしが出かける時には、いつも玄関で見送ってくれる」

「それはまあ……」

伊藤は眼を細めた。

宮中での堅苦しい行事が終わったせいか、伊藤の表情は明るい。利通自身も、天皇が新年の誓いとして、今後、定期的に閣僚と面談し国政の状況を知りたいと言われたことが何よりうれしかった。

宮内卿から示された案は、今月十六日より三日毎に参議ひとりが参内し、政務の現状を奏上することであった。その第一回に参議筆頭の利通が選ばれた。利通は、その日、西南の役で中絶していた殖産興業の諸政策を具体的に奏上することにしていた。明治九年の天皇の東北巡幸の際に訪れた福島県の郡山の士族による開拓地の現状と今後の課題などであった。また今月に開校が予定されている駒場《こまば》農学校の概略を説明することも考えていた。

「やはり、九州の騒乱が身に沁《し》みられたのでしょうな」

書生が運んできた茶を啜《すす》ってから、伊藤が言った。

行幸の最中に起きた戦乱、それも維新以来絶えず自分の傍にいて、政務を指導してくれた西郷の決起はまさに驚きであったろう。その教訓を胸に、積極的に動こうとする天皇の姿勢がよくわかる。

政府軍、西郷軍合わせて万余の死傷者を出した戦乱の後処理はまだ完全には済んでいない。戦場となった九州各地の人々の心の傷はまだ癒えていないだろう。だからこそ、これからの日本の進むべき道を確固として示さねばならないと、利通は決意していた。

「しかし、金がかかりましたな」

伊藤は呟いた。

戦を乗り切ったとはいえ、戦費の大部分を政府発行の明治通宝の増刷に頼ったことが、今後の政府の財政にいかなる負担をもたらすか、まだ未知数である。年末の二十七日、大隈大蔵卿はようやく明治十年七月から始まった明治十年度予算表を三条太政大臣に提出していた。西南の役で停滞していた予算額の精査を経たものだ。それによると、前年度の予算とあまり変わりがない。利通も伊藤も、いずれ明らかになる西南の役で費やした追討費が莫大《ばくだい》なものになることがわかっていた。

「これは取りあえずの金額でしょう」

利通は手帳に記載された数字を見ながら言った。

「そうですな。これから増える金額が心配です」

と、伊藤が頷いた。

楽観的な大隈とは違い、細心で粘り強い性格の松方は今、九州の騒擾《そうじょう》に費やした追加の費用の勘定に追われていることだろう。戦の費用にと、急遽開業させた岩倉具視ら華族たちの出資による銀行が発行した紙幣で戦費を賄おうとして失敗し、政府紙幣である明治通宝の巨額の増刷で難を切り抜けた。だが、九州を中心に陸海軍の戦費として政府紙幣が大量に投じられた結果がどうなるか不安だと、松方は利通や伊藤に告げていた。

「恐ろしいのは物価の騰貴でしょう」

伊藤は、銀行制度を学ぶためにアメリカを視察し、日本における銀行の基礎を作り上げた男だ。財政に詳しい知識を有していない利通にとって、大隈、伊藤、そして松方は頼りになる存在として、その意見を尊重してきた。

「しばらく様子を見てみましょう。経常費だけの予算を見てもはっきりしません。臨時費の細目を絞って報告するように、大隈殿や松方殿に頼んでみます」

「お願いします。戦が終わった今、国の進むべき道をはっきりと世に告げ知らせねばなりません」

「今年もご多忙になりますな。骨休みに湯治場でも行きたいものです。一緒にどうですか」

話題を変えて、伊藤が頬を緩めた。

深刻な話が続くと、いつも伊藤は場の空気をほぐすような言動を見せる。

他人との対話に不器用な利通にとって真似のできない振る舞いだ。

たしかに、気ぜわしい日々が続きそうだ。

利通は、伊藤が今月二十四日に予定されている駒場農学校の開校式、さらに大隈や伊藤とともに来月七日に訪れる予定の千住製絨《せんじゅせいじゅう》の検分を指しているのがわかった。

駒場農学校は、これから本格的に進めようとしている殖産興業策の大きな柱となる筈だ。三条や岩倉を通じて天皇の臨幸を願い出て、実現することになった。

また千住の工場も、軍服の生地となる羅紗《らしゃ》を製造するための工場であった。工場長に予定されているのは、長州藩出身の井上省三《いのうえしょうぞう》である。木戸にその才が認められて維新後に上京、明治三年にドイツに留学した。毛織物工場で職工として働き、その技術をすべて習得した。明治九年に帰国して内務省に出仕したが、その時、利通は本格的な羅紗製造工場の建設を決めて、再び、井上をドイツに出張させて製造機械一式を購入させていた。

「駒場といい千住といい、楽しみですな」

「それに、安積《あさか》もある……」

と利通は付け加えた。

「たしかに、あそこも」

伊藤は深く頷いた。

天皇の東北巡幸以来、福島県の強い要望で着手された郡山の開拓事業に欠くことのできないのが農業用水の確保であった。士族授産のための開拓事業に心血を注いでいる地元福島の中條政恒らのためにも、是非とも実現せねばと思っていた。

「必ず、この春に、疎水事業についての建議を太政官に出します。あなたにも協力してもらえればと思っております」

「当然です。猪苗代湖《いなわしろこ》からの疎水が完成すれば、多くの士族への授産が可能となります。ご維新の成果を喜ばず、ただ昔ながらの武士の誇りだけを鼓吹《こすい》している輩は始末に負えませんな。九州の戦でようやく黙らせることができました」

「いや……」

と、利通はふと呟いた。

利通ら政府が勧める開拓事業に進んで加わる士族たちは全国的にもまだまだ少数だ。多数だ。旧武士へ与えられた公債の利子だけで暮らすこともできず、不遇をかこつ多くの士族がいる。

いつ何時、西南の役のような災厄をもたらすか不安だった。

「岩倉卿のような災厄がいつまた起こるやもわかりませせぬ」

伊藤のいう通りだ。

四年前の明治七年一月、岩倉は赤坂仮御所近くで高知藩の士族らによる襲撃を受けたが、堀に落ちただけで危うく死を免れた。

利通にとって衝撃的な事件だった。

「大久保さん、わたしらも狙われているやも知れませんな。しかし、まだまだ死ねませんぞ、お互いに」

伊藤は苦笑いしながら言った。

明治十一年一月二十四日、駒場農学校開校式の当日である。

駒場農学校は、利通の念願であった日本の農業の改良における総仕上げの事業であった。

明治五年、大蔵省は内藤新宿《ないとうしんじゅく》の信州高遠《たかとお》藩内藤《ないとう》家下屋敷を含め千駄谷《せんだがや》など周辺の土地およそ十七万坪の土地を購入して、農業振興のための農業試験場を設置した。

二年後の明治七年四月、大蔵省から内務省に所管を移された機会に、利通はこの内藤新宿試験場内に農業振興の担い手となる青年の育成を目的とする農事修学場を併設した。さらに、外国人教師を招き、西欧の最新農業技術を習得させることを決めた。

そして、明治九年、利通は欧州の日本公使たちに外国人教師団の人選を依頼し、五人の教師の招聘《しょうへい》を決めた。五人は、農学全般、農芸化学、試業科、獣医学、英語学の分野をそれぞれ担当することになった。

さらに農事修学場の学生を募集し、農学科、獣医学科に分けて入学試験を実施した。農学科四十九人の応募者の内二十人、獣医学科応募者五十七人の内二十人が合格したが、最終的には両科合わせて四十八人が入学した。また数年して地方でも入学希望者を募り、最終的には百四人が決まったが、そのうち八十八人が士族の子弟であった。

だが、赴任した外国人教師たちは、学校の近くの内藤新宿に遊郭があり教育にふさわしくないと政府に訴えたことで、駒場野への移転が決まった。

利通は、この農学校がまさに今後の殖産興業の大きな柱のひとつになることを期待した。そして、自らの賞典禄二年分の五千四百円あまりを内務省に寄付し、その利子分を農学校の成績優秀者への報償金としたのである。

天皇の行幸は午前十時と予定されているため、利通は直接の所管である内務省勧農局の松方局長、前島内務少輔、川路大警視、内務省書記官、警視官、勧農局員、学校長、さらに招聘《しょうへい》された外国人教師とともに、早朝から校門から玄関に通じる道の左側に待機した。また正面の学校の玄関には有栖川宮熾仁親王、嘉彰《よしあき》親王、伏見宮貞愛《さだなる》親王の三人の皇族が待機していた。

晴れ渡った空の下、校門と玄関には華やかな花飾りが設《しつら》えられている。行幸の後には一般市民の見学が許されているためか、すでに多くの人々が集まっていた。

利通は校門付近の人波が少し揺れるのを見て、懐中時計を取り出した。九時四十五分を過ぎていた。その時、校門の両脇付近に待機していた陸海軍の二つの軍楽隊が演奏を開始した。その華麗で勇壮な音楽の調べの中を天皇一行の馬車が通過、玄関に向かった。

玄関近くに着いた馬車の列から、赤坂仮御所より天皇に供奉してきた徳大寺宮内卿を始めとして岩倉右大臣、杉《すぎ》宮内少輔ら、宮内省の幹部らが天皇とともにそれぞれの馬車から降り立った。

玄関に到着後、天皇は三人の親王の出迎えに満足げに笑みを浮かべ、宮内卿らとともに中に入り、便殿《べんでん》に向かった。

それから利通は松方とともに便殿に入り、天皇を開校式の式場に案内した。そこで、すでに作成されていた農学校規則と校内図などを天皇に贈呈した。

その後、天皇は開校の勅語を読み上げられた。続いて、内務卿の利通が祝辞を述べ、さらに学校の教師を代表して、獣医師の英国人マクブライドが祝辞を奏上した。

厳粛な雰囲気の中で開校式典が終了すると、利通と松方の先導により、天皇は三人の親王、岩倉右大臣、それに大隈ら参議らとともに校内を視察した。

完成したばかりの農芸化学、農学、獣医学の講堂における授業風景、農業に関する博物室などを巡覧し、便殿に戻って休息した。その後、再び馬車に乗り、広い校内に散在する牛や馬、豚の飼育舎らを視察した。学校の玄関に戻ると、天皇はそこに待機していた五人の外国人教師に感謝の勅語を述べ、午後二時過ぎに還御した。

「長い一日でした」

松方が安堵した様子で呟いた。

部下とともにこの日まで準備に没頭した松方の正直な思いだろう。

「この地を早くから確保しておいたのは妙策でしたな」

松方の言う通りだ。

農学校の開校以前、すでに政府による駒場野の開墾事業は開始されており、八万坪が牛馬の放牧場に活用されていた。開校までの間、英国人教師の指導の下で多くの農学校生徒の力で開墾が進められており、英国製農具の使用法などの実地指導が行われていた。駒場野の荒れ地は、農学校の移転前にすでに五万三千坪の広大な土地が開墾されていたのである。この状況があったからこそ、内藤新宿からの移転は支障なく実施されたのだ。

また、利通はここに学ぶ生徒の八割が士族の子弟であることも嬉しかった。西南の役で失われた多くの有能な士族たちに代わって鍬や鋤《すき》で引き継ごうとするかれらがいてこそ、日本の未来があるのだと、利通は思った。

「そろそろ、戻りましょうか」

松方は大隈や伊藤の馬車が農学校から離れて行くのを見て言った。

「いや、しばらくここに」

利通は辺りを見回した。

「どなたかお探しですか」

「船津《ふなつ》殿は？」

「あの方はこういう席には出られないでしょう」

「そうでしょうな」

利通は頷いた。

船津とは、群馬県の赤城山麓の村から農学校の教師として招聘した船津伝次平《でんじべい》のことである。

利通は外国人の農業技術指導者以外にどうしても従来から行われてきた日本の農業技術も改良し、外国人の指導する農場と並行して和式農業も生徒たちに学ばせたかった。

この要請に応えて、すでに船津は農学校に今年一月に赴任していたが、内務省で着任の挨拶を受けて以来、ゆっくり話す機会がなかった。

船津は群馬県令の楫取素彦が優れた農業技術の指導者として、内務省に推薦してきた。県知事の人事は内務省が行っており、群馬県令として、彼を任命したのは利通自身であった。

「どうも人付合いが苦手らしく」

部下からの噂を聞いていたのだろう、松方は顔をしかめた。

船津は天保三年（一八三二）生まれで利通より二歳若いが、すでに四十六歳である。その歳で、東京へ暮らしの拠点を移すのはよほどの覚悟がいるだろう。

「異国人の宿舎はすでに完成していますが、船津技師は仮小屋でいいと話されているそうです」

松方によると、船津は仮小屋から毎日学校に出向き、生徒とともに周囲の土地の開墾に励みながら、外国人とは異なる日本古来の農法に自らの改良を加えた技術を熱心に指導していると言う。

「どうされますか。多分、今頃は学生たちと付近の開墾に出ていると思いますが」

松方は再度、利通に言った。

「いや……」

利通は首を横に振った。

帰り次第、内務省で幹部会議が開かれる予定だ。会議に間に合うように早く戻らなければならない。いずれ折を見て懇談し、日本の農業技術の改善策、それに必要な政府の援助など詳しく話してみようと思った。

農学校には西洋式の「泰西《たいせい》農法」と船津が指導する「和式農業」が必要であった。

船津伝次平という有能な指導者を迎えたことは、それだけでもこの農学校の前途は明るいと思いながら、利通は自らの馬車に向かって歩を進めた。

馬車の前に立っていた前島少輔が見ていた懐中時計から顔を上げて利通を迎えた。この後の会議のことを気にしていたのだろう。

「では、わたしは、ここで」

と言って、松方は大隈の馬車の方に去っていった。

松方が危惧していた西南の役の征討費のために世に溢れでた明治通宝札のことが気になるが、今はまだ物価の変動は顕著に現れていない。だが、ここで足踏みしてはならないと、さらに、今後の殖産興業策を打ち出すことが必要であった。これから開かれる幹部会議は地方の県から提出された起業案とその予算の概略を徹底的に分析し、必要な予算を確保せねばならないのだ。

内務省でまとめ上げようとしている下士族に対する授産事業は、巨額になることがわかっている。松方は大隈と相談し、そのための資金として公債の発行を検討しているとのことだ。

在日外国公使らを招いての新年祝賀の宴が芝延遼館《えんりょうかん》で行われた翌日、利通は内務省で大隈と伊藤を交えて、今後の殖産興業策に伴う予算措置について打ち合せを行った。

「今後の諸政策の資金の裏づけはこれしかありませんね」

工部卿である伊藤は、大隈ら大蔵省が提示した内国債の策を一見して言った。

まさに、伊藤の言う通りである。大隈らはこの公債を殖産公債と名づけていた。

利通たち内務省と工部省が策定した政策の実施に必要な金額は、一千万円を超える額となった。西南の役で費やした征討費は明治通宝札の窮余の増刷で切り抜けたものの、新たな策の裏付けとなる国家予算は限界に達していた。大隈ら大蔵省が原案を作成した内国債はかつての公債とは全く異なるものだった。

「国家が元金を補償し、さらに金利を付与して出資者に返金するという仕組みですが、かつて士族たちのために交付した秩禄公債や金禄公債とは全く異なりましてな」

維新以来、大蔵卿として国家の財政策を牽引《けんいん》してきた大隈が自信ありげに言った。

「心配なのは、公債の引き受け手ですが」

利通は大隈と伊藤を見回した。

「たしかに、大隈殿の案では、利率六分、二年据え置きで二十三ヶ年償還となっていますが、あまりに長い償還期間ですから」

伊藤の言葉に、大隈は、

「国家百年の計ですぞ、引き受け元の渋沢さんにも頑張ってもらわねば」

と、自信ありげに答えた。

大蔵省案では、公債の事務取り扱い機関として、渋沢栄一の東京第一国立銀行と三井組の三井銀行が挙げられていた。ともに、西南の役の軍事費捻出に尽力してくれた銀行である。

さらに、大蔵省案では、発行公債は五百円、百円、五十円の三種として無記名、譲渡・売買自由としていた。大隈の言う通り、維新を経て、士族救済のために発行してきた公債とは全く異質の公債である。頼みとするのは、多額の財産を所有する華族、大商人たちだ。かれらがこの公債を利益の対象でなく、国民安寧のための資金として購入してくれることを期待するだけだ。

「大久保殿、内々に渋沢殿に相談してみましたが、乗り気になっておられます」

「それは、良かった」

利通は小柄で血色の良い渋沢の顔を思い描いた。

幕末、慶喜の名代としてフランス・パリ万国博覧会に参加した徳川昭武《あきたけ》に同行し、西欧の金融事情をつぶさに見分した渋沢が協力してくれるなら安心だ。

「何と言っても、あの御仁はわたしが推奨したバンク制度を誰よりも早く日本に生み出したわけですからな」

伊藤は眼を細めて満足げな顔つきだ。大隈もそれに呼応するように頷いた。

明治初年、アメリカに派遣された伊藤は、幕政時代の古い両替商のあり方を根本的に変える金融機関としての銀行を日本に創設することを提起した。その提起に基づき、明治五年に国立銀行制度を創設したのは、時の大蔵卿大隈であった。その条例にいち早く呼応して、三井組と小野組の共同出資による日本初の民間銀行である東京国立第一銀行が生まれた。

渋沢は、明治六年大蔵大輔井上馨とともに大蔵省を辞した。司法卿の江藤新平による予算編成に関する大蔵省案への弾劾に反発したためである。

大隈による国立銀行制度に賛同した渋沢は、この銀行の創設に関わった。今や、国立銀行は全国に二十七行となり、地方の資産家たちが創業者となって活発に事業を展開している。噂によれば、渋沢は全国の後発銀行から助言や指導を依頼されているらしい。

「この公債の引き受けにひと肌脱いで貰わねばと思っております」

「助かりますな」

利通は頬を緩めた。

この公債が順調に購入されれば、利通や松方、それに工部省の伊藤が立案した殖産興業策はすべて見事に実現できる。

利通が内務省として打ち出した策は、猪苗代湖から郡山の開拓地に水を引く猪苗代湖疎水事業、新潟築港事業、岩手、秋田県下と宮城、山形県下の新道建設費用など総計四百四十万円余りであった。

とくに、猪苗代湖疎水事業は、福島県庁の中條政恒が熱望していたことで、多くの士族が移住した安積の開拓地を豊かにするものだ。

利通はこの事業こそ維新の成果を世に示し、西南の役のような災厄を未然に防ぐ重要な事業と考えていた。

さらに伊藤の工部省が京都、大津間と敦賀《つるが》、大垣《おおがき》間の鉄道建設費、また東京、高崎間の鉄道敷設測量費、そして阿仁《あに》や院内《いんない》鉱山の開坑費など六百四万円を申請していた。

これに加えて、黒田清隆が長官を勤める北海道開拓使による幌内《ほろない》、岩内《いわない》炭坑の開坑費や汽船購入費など合わせて百八十万円が計上されている。これらの事業は、利通や伊藤にとって日本の産業基盤を作り上げる不可欠の事業であった。

「何とか早く成案をまとめて太政官に奏上せねばなりませぬな」

利通は大隈に語気を強めて言った。

「わたしどもの殖産興業に関する提起と同時に大蔵省の公債案が同時に提起されることが重要です」

「わかっております。早速、郷《ごう》大書記官と成案の作成に取り掛かります。松方殿は今、ご多忙のご様子ですので」

大隈は四角張った大きな顔を自身ありげに前へと突き出した。

原案を手にして、大隈が内務卿の部屋から出て行った。

「松方殿の出発はもうすぐですな」

利通はすでに松方のフランス行きについて太政官から許可を受けていた。

パリで開催される万国博覧会の日本代表としての出張である。この万博の責任者は内務卿の利通だが、政務多忙の折、長期のパリ出張は無理であり、副総裁の松方を渡仏させることにしていた。

出発は二月十二日、横浜港からパリに向うことになっている。日本のパリ万国博覧会参加は幕末の慶応三年（一八六七）以来二度目である。松方とともにパリに行くのは、パリ駐在公使として赴任する鮫島尚信《さめじまひさのぶ》らである。二月八日に松方らとの送別の宴が宮中の小御所で行われることになっていた。

「それにしても、大隈殿は、部下に恵まれております」

伊藤が羨《うらや》ましそうな眼つきをした。

「書記官の中に優秀な男がいます。噂ではイギリスで国債についてかなり知識を蓄えて帰国したようで」

伊藤によると、岩崎小二郎《いわさきこじろう》という男で、歳はまだ三十という。

「我が国初めての応募による内国債です。手抜かりがあっては元も子もありません。今度という今度は大蔵省一丸となって取り組んでもらわねばなりませぬな」

その硬い語り口に、利通は伊藤の内に秘めた強い思いを感じた。

第九章　策謀

明治十一年四月二日。

東京の桜はすでに散り始めていた。

島田一郎が金沢を出たのは三月二十五日、東京まで八日を要しての旅であった。

直接東京に向うのは、警察関係者から疑われると思って慎重に旅程を組んだ。

周囲には、念願であった湊川《みなとがわ》神社への参拝を果たすと楽しそうに言い残して金沢を発った。

北国街道を西に進み、途中近江の塩津《しおつ》宿で大事に手入れをして蓄えていた顎鬚《あごひげ》を剃り落とした。宿での記帳の際も、島田一郎の本名ではなく、吉村次郎と書きとめた。

近江から神戸に立ち寄り、楠木正成《くすのきまさしげ》を祀る湊川神社を訪れて、利通暗殺という悲願の成就を祈願した。

　ここからは、一刻も早く、東京にいる長連豪たち同志に合流せねばと、神戸から海路で東に向かい、横浜からようやく東京に足を踏み入れたのである。

　長からの書簡で知っていた四谷尾張町の林佐平の宿に着いた時、すでに到着の日を前もってわかっていた脇田巧一、松田克之、そして杉村文一が長とともに待っていた。

脇田と松田の二人は取り敢えず、上京の目的を糊塗《こと》するために芝の勧学義塾に入学していたが、島田の上京を知ると義塾を去り、本郷の三河屋に戻っていた。

「お優しいお顔になられましたな」

　島田の顔を見て、長が驚いた。脇にいた脇田も杉村も眼を細めた。かれらとは五ヶ月ぶりの再会であった。その驚きは当然であろう。

「これからは、吉村次郎だ。宿の者にも伝えておいてくれ」

　顎を撫でながら言った。

　大事を成す決意の程を覚ったのだろう、長たちは表情を改めて大きく頷いた。

「島田殿、大野君と堀江君の脱落は残念でした。詳しく杉村君から聞きましたが」

　長が言うと、

「いや、むしろそれでいい。死を覚悟せねばこのような事に加わるわけにはいかない」

島田は平然と答えた。

大野も堀江も、杉村とは地元金沢の官立変則学校の仲間だ。松田とも親しく金沢でも付き合いがあった。

最後の最後まで、秘密を貫き通してくれることを二人に望むだけだった。

「大丈夫です。あの二人の親たちもよく知っております。木戸、大久保、伊藤らの専横に怒りを抱いており、この事が露見することはないでしょう」

杉村は言い切った。

当然のことと、島田は思った。

軍事的な決起に反対した忠告社の幹部である杉村寛正を兄とする文一にとって、利通殺害の挙に出るなど思いも及ばぬことだったのだ。その杉村を挙に誘ったのは、大野成忠であったからだ。

どこで運命の歯車が軋《きし》みを立てて異なる方向に回ったのか、島田はまだはっきりとはわからなかった。長からの書簡で、若い杉村が何の躊躇《ちゅうちょ》もなく謀議に加わっていることだけは知っていた。

「杉村君を含め、さらに新しい同志が生れたことは喜ばしい」

島田は長からの連絡で知った元鳥取藩士の浅井寿篤《あさいとしあつ》のことを口にした。

「なかなかの傑物ですぞ」

長が言うには、浅井は長と親しい橋爪武と同じ様に東京の巡査をしていたとのことだ。西南の役に参加し軍功を挙げて帰還したが、不祥事を起して免職となった。不遇を嘆いている最中に、金沢出身の元同僚であった橋爪と出会い、利通暗殺計画を知った。そして、浅井が橋爪に誘われて、長の宿に来たのは三月の中ごろという。長は、浅井の決意の固さを知り同志として迎えた。

長からの知らせで、浅井の決起参加を聞いた後、すぐ島田は橋爪とともに第二の決起者として金沢に送り込み、秘かに同志を募るように長に伝えてあった。ここまで準備を進めてきた以上、何としても大久保に天誅を加えねばならないのだ。

「金沢での動きはどうだ」

島田は吉報を期待して、二人とともに金沢へ向って東京を離れたという松田に訊いた。

「まだ何も申しては来ませんが、六日には金沢に着いている筈です」

松田が浅井たちと金沢へ向ったのは、金沢に残っていた杉本乙菊を迎えに行くためであった。さらに、もうひとつの役割も背負っていた。昨年末からの東京暮らしで、長を始めとする同志の所持金も乏しくなってきていた。松田はそのための金策に率先して金沢行きを承諾した。

「残念でした」

松田は申し訳なさそうに呟いた。

「仕方がない。体が大事だ」

島田は病のため金沢まで行けずに東京へ引き返したという松田を励ました。

「金は大丈夫だ。金沢に残る同志がわれらのために集めてくれた金がある。しばらくはこれで凌ぐが……」

と言ったものの、島田はいつまでも決起の日取りを延ばせないことがわかっていた。島田の顔つきを見て、長たちも一瞬顔を曇らせた。

「ぎりぎり……」

長が呟く。

「ぎりぎり……」

島田は同じ言葉を口にしながら、続けて言った。

「来月……、五月末までに何とかせねば」

その言葉を聞いて、松田は決意をこめて島田と長を見つめて言った。

「東京に引き返す途中、杉本には書簡を送りました。しかし、やはり、直接会って話すのが確かと思っています。再度、金沢に参り、必ず杉本を連れて来ます。また、杉本以外にも同志を募り、義挙の成就を万全としたいのです。再びの金沢行きを許して戴きたい」

必死の形相だった。

島田は不安であった。

松田を信用していないわけではない。それにしても、時期が時期である。同志を募るとは、ある意味で事が露見する恐れがあるのだ。

決起の第一陣として加わる長、脇田、杉村三人の男たちの顔を見回した。

同志に決意を訊いた時、脇田とともに最初に手を挙げたのが杉本乙菊だ。かれが脱落する筈はない。事実、自分が金沢を発つ時、杉本は少し遅れて上京すると伝えてくれていたからだ。それに、第二陣の攻撃要員として金沢に出向いている浅井と橋爪にも、長が杉本への伝言を頼んでいるとのことだ。

隣に座っている長も島田の迷いを察しているのか、黙ったまま眼を閉じていた。

「杉本君は必ず来る。しばらく待ってもよいのではないか」

「島田殿、ここで待つだけでは事態は一向に変わりませぬ。どうかご許可を」

松田は怯《ひる》むことなく金沢行きを主張した。

「すぐに発たねばならんが」

「十五日と決めております」

松田はきっぱりと言った。

すると、長がようやく口を挟んだ。

「松田殿、杉本殿は周囲の状況を冷静に判断しながら、東京行きの日取りを図っているのではないでしょうか。あの方のことです。必ず上京なさいます。思慮深いお方ならではと思いますが」

「いや、わたしは杉本君は無論のこと、他にも覚悟の同志を一人でも連れて必ず戻ります」

もうこれ以上、松田を押し留めることはできない。このまま続けていけば、松田の真意を疑っていると取られかねない。長を見ると、かすかに頷いた。長も同じ思いなのだろう。

「わかった。必ず戻って来てくれ。いいな」

松田は大きく頷いた。

長連豪、脇田巧一、杉村文一、そして戻ってくる筈の松田の四人、遅れて来る杉本を加えれば決行者は自分を含めて六人となる。松田が新しい同志を見つけられなくても、六人いれば何とかなる筈だ。

後は、いかに好機を捉えるかだろう。

島田は改めて眼の前の四人を見回した。

「しばらくは本郷に戻っていてほしい」

島田はすでに勧学義塾を去った脇田と松田に言った。

大勢がこの宿に一緒に留まるのは危険だ。脇田と松田は芝の勧学義塾を去り、本郷の三河屋に留まっていた。だが、義塾の寄宿舎にいる杉村は、そのまま芝に戻るよう説得した。

杉村は不満そうな表情を見せたが、最後の最後まで杉村は芝に留め置き、決行の前夜にここ林屋に呼び寄せるつもりであった。

「必ずその日時を伝える。しばらく待って欲しい」

島田は、脇田らに告げた。


翌朝、島田は長とともに林屋を出た。

東京に滞在している陸義猶に会うためだ。

春風が心地よい日だ。

金沢とはまるで異なる陽気である。

「陸先生の宿は本郷・金助町《きんすけちょう》と聞いているが、麟祥院《りんしょういん》の近くだな」

「本郷春《はる》木町《きちょう》と筋違いの所です」

島田の上京前に、長は一度、陸を訪ねているのでその辺りの地理に詳しいという。

「先生はわれらの意志が固いことをすでにご存知です。必ずや願いをお聞き届けて戴けるでしょう」

「ならばいいが」

島田はまだ不安だった。陸はこの無礼な頼みを聞きいれてくれるだろうか。

陸への訪問の目的が利通への斬奸状の再度の執筆の要請だからだ。

金沢を発つ時、もし途中で紛失し他人の手に渡った時どうなるか、思い悩んだ末に、斬奸状を火中に投じてしまった。用心のためとは言え、別の手立ては無かったのかと、今さらながら思うのだ。それに最初の執筆の依頼からすでに半年近く時が経っている。

「西郷殿に私淑し何度も鹿児島を訪れた方だ。大丈夫とは思うが、やはり心変わりということもある。義挙にあれほど賛同していた大野らのように……」

島田は立ち止まって、長を見た。

「まさか、そのようなことは……」

緊張した顔つきで、長は首を横に振った。

「わかった。大丈夫だろう。陸先生のことだ」

本郷までは長い道のりだ。

皇居の周囲を回り、内務省と大蔵省の庁舎が建つ一角の前を通りすぎ、神田橋御門の前に出た。

後は西に向かい一ツ橋御門から水道橋に出るか、神田橋から真っ直ぐ北に行き万代《よろずよ》橋を渡って西に行くかだが、長は迷うことなく北に足を伸ばした。

神田錦町、そして神田淡路町を進む。幕政時代からこのあたりは職人の多く住む町だ。島田もかつて東京で学んでいた頃、神田鍛冶町《かじちょう》、神田紺屋町《こんやちょう》などと職業を表わした町名に興味を持ち、一度だけ訪れた界隈である。万代橋を渡り、堀沿いに西へ歩くと、学校のような洋風の建物が三つ、堀沿いに並んでいた。

長によると、かつての湯島聖堂の大政殿跡に東京書籍館《しょじゃくかん》、西に東京師範学校、その隣は東京女子師範学校という校名らしい。

「学制公布で足りないのが教師です。東京は人口が多いですからね。女子師範は明治七年三月に神田で開校しましたが、三年前に新築の校舎が出来たとのことです」

すでに探索がてら東京の町を歩いている長の話を、島田は興味深く聞いた。

島田はふと、立ち止まって師範学校の校舎を見つめている長の横顔を見た。

若くして学才を認められ、さらに藩内では有数の家禄の家に生まれた長である。もし、忠告社から分かれた島田らとの交流が無ければ、東京に遊学してこの師範学校で学ぶことも可能であったろう。それは、勧学義塾に学ぶ杉村文一にも言えることだ。

「もし……」

島田は呟いた。

「何か?」

怪訝《けげん》な顔つきであった。

「いや、何でもない」

と言って、島田は長を促がした。

——今さら、何を……。

島田は自分の戸惑いを恥じた。

大久保らが専横を極めている今の世で何を学び、何を糧として生きるのか。

島田は悠然と歩く長の背を見つめながら後に従った。

女子師範学校の横から北に進めば、目的の陸が住む金助町である。その曲がり角の建物を指差して、長が言った。

「今、東京で評判の病院ですよ」

長によると、佐倉《さくら》藩の堀田《ほった》家のお抱え医師であった佐藤泰然《さとうたいぜん》の養嗣子、佐藤尚中《しょうちゅう》が開いた順天堂《じゅんてんどう》医院だという。維新後、下谷《したや》に病院を開いたが、押しかける患者で手狭になり、三年前にここに移ってきたらしい。

「三千坪は優にあります」

長の指差す辺りに数棟の洋風の建物が見えた。

「東京も日々変わるのだな」

「一日たりとも同じ景色ではありません」

「そうか、われわれが死んだ後も……」

と言いかけたが、島田は口ごもった。あまりに女々しいと思ったからだ。

東京が、そして金沢がどう変わろうとも、もはや関わりのない事だ。今は、事が首尾よく成就すればそれでよいのではないか。

不審げに自分を見つめている長に、

「時が過ぎた。急がねば」

と言って、足を速めた。

長の案内で陸が宿としている金助町に入った。

道の正面に鬱蒼《うっそう》とした森が見える。

「麟祥院です」

島田の視線に気がついたのか、長は指差した。島田の記憶では、麟祥院は三代将軍家光《いえみつ》の乳母である春日局《かすがのつぼね》が埋葬された寺だ。

「あの寺の西側が前田利嗣公の屋敷ですから、かれらの宿の三河屋はすぐ近くです」

長は帰路に三河屋へ寄るのは当然という顔つきである。

「いや、集合の場所は四谷のみとする。出入りの多さは何かと目立つからな」

三河屋は以前から金沢の士族たちの定宿であり、今も金沢に関わりのある士族が宿泊している可能性がある。島田や長の顔を見知っている者がいるかも知れないのだ。

長は島田の意をすぐ汲み取ったのか、通りの中程の右側の一軒の戸口に立った。

運よく、陸は在宅であった。島田の顔を見ると、表情が一瞬硬くなった。

「長旅で疲れたであろう」

すぐに表情を崩して、六畳ほどの部屋に二人を通した。

「独り身ゆえ、茶も出せぬ」

といいつつ、島田らを座らせた。あたりは漢籍で埋まっていた。知人の多い金沢よりも東京の方が勉学が進むと言っていた陸らしい暮らしぶりであった。

「やはり、島田君、君が上京したからには……」

「覚悟は変わりませぬ」

「実は、長君に会ってからかなりの時が経つ。ひょっとして事を取りやめたのかと一時は思っておったが」

長は一瞬、顔色を変えた。

すぐに長を押しとどめるように、島田は手で長を制した。長の眼に困惑と怒りが籠っていた。

「そのようなことはあるはずもございません。心を一つにした同志がわれらのほかに三人おり、いつでも決行する覚悟があります」

島田は語気を強めた。

「わかった。だが……、本日の用とは?」

「申し訳ありませぬ」

急に島田は頭を畳にこすりつけるようにして言った。

「斬奸状を今一度、お書き下さいませ」

「道中、もし不慮の事があり、あれが他者の手に渡ることを恐れて焼却いたしました」

陸は絶句した。

「何……」

「……」

陸の顔が強張った。だが、すぐに、

「その処置に誤りはない。当然のことだ」

きっぱりと言い切った陸を見て、島田は安堵した。

「すでにわたしの思いは諸君と同じ、剣を振るうことが出来なくとも、大久保の悪行を天下国家に知らしめる企てに筆で加わることができるのは快挙だ。心配せずとも良い」

島田はようやく体を起して、隣の長を見た。長もかすかに笑みを見せた。

しばらく、陸は腕組みをしたまま眼をつむっていた。

「先生……」

島田は身を乗り出した。斬奸状が無ければ、大久保殺害は西郷を殺したことへの単なる怨念でしかない。陸が精魂込めて書き上げた大久保ら政府要人の悪行への厳しい断罪を世に示さねばならないのだ。

「今、一度」

島田に引き続いて、

「陸先生、われらは命を賭して決行いたします。その真意を世に訴えねばなりませぬ。どうかお願いいたしまする」

畳に額をすりつけて言った。

長い沈黙が続いた。

そして、ようやく陸が口を開いた。

「いつまでだ？」

島田は安堵して大きく息を吐いた。長の顔もかすかに緩んだ。

「まだ同志がすべて揃っておりませぬ。末尾の氏名を記す余白を残して本文だけをお願いしたいと存じる」

「わかった。しばらく時をくれ。今月中には何とかする」

陸の言葉を聞いて、島田は大きく頷いた。

必ず上京する筈の杉本乙菊、そしてかれを迎えに出る松田克之の顔を思い浮かべた。かれらがすべて集うのを待たねばならない。まだ月日に余裕がある。

――あと、ひと月……。

島田は決行の期限を改めて五月末と決めていた。

第十章　地方官会議

明治十一年四月九日。

内務省の利通の執務室には、昼過ぎから工部卿の伊藤博文が訪れていた。

部屋に入り、ほっとして椅子に座った時、伊藤が笑みを浮かべた。

「熱海《あたみ》はいかがでしたか」

利通は、六日の朝早く熱海を出て、ようやく東京に戻ったばかりだ。

持病の痔疾《じしつ》に加え激務が続き体調が芳《かんば》しくなかった利通は、先月二十二日から熱海で温泉治療を目的とした休暇をとっていた。これほどの長い休暇を取ったのは、維新以来久しぶりのことだ。

「長い間、留守をしてお世話をかけました」

利通は軽く頭を下げた。

「温泉だけではご退屈だったでしょう。やはり……」

伊藤は机の上に軽く三本の指を置いた。

囲碁を打つ仕草である。

利通が木戸を政府に復帰させるために大阪の五代邸で囲碁三昧の日々を送ったことを、伊藤は言っているのだ。

「まあ、やはり……」

利通は頬を緩めた。

日に何回か湯に入って療養するだけでは暇を持て余すばかりだ。宿の周辺を散歩してもすぐに飽きる。

利通は宿の主人に、到着早々囲碁相手を見つけてもらった。

熱海逗留は、まさに入浴と囲碁の毎日となった。

「身も心も久しぶりの休暇となりました」

しかし、留守の間、明日から開催される第二回地方官会議のことが気になっていた。

伊藤はこの会議の議長を務めることになっている。

「県令たちの集まりはどうでしたか」

「ご心配なく。すべて整っております。それにしても、松田《まつだ》君は優秀な男ですな。すべての素案を作り上げましたよ」

松田とは、大書記官の松田道之《みちゆき》のことだ。

今度の地方官会議の討議事項についての内務省素案を最初から作り上げた男である。利通より九歳若い年齢だが、少輔の林友幸や前島とともに内務省を支える有能な人材だ。

鳥取藩出身で、幕末維新時には数々の修羅場を潜ってきており、慶応四年一月の西《さい》園寺公望《おんじきんもち》率いる山陰道鎮撫使《ちんぶし》の送迎役を勤めた。以後、その実力が政府部内でも認められ、徴士、内国事務局の権判事を経て、利通を支える重要な部下となった。

松田は会議の日程を含めて事務局方の責任者としての役割を担っていた。それは、会議の期間中、県令から提起される議案への質問に対して、内務卿の利通に代わりすべて答弁するというものだ。

利通にとって優秀な部下とは、あらゆる局面で自分の意を素早く汲み取り素案を作成できる男だ。そのため、利通の机の上に絶えず部下からの素案や提言が積み上げられていた。それらの素案に日々眼を通した。そして、採用すべき案を提出した者を後日呼び出して、その意を正確に把握し実行に移させた。

利通は素案検討のための時間には、部下の入室を固く禁じた。

かつて、前島が利通に漏らしたことがある。

それは、利通が内務省に出勤しているかどうか、省内の雰囲気ですぐにわかったというのだ。利通が登庁し在室している時は、他の部屋にいる部下たちも無用な私語を慎んで執務を続けているらしかった。

利通は、それを聞いて苦笑したが、部屋に閉じこもって素案の可否を熟考するという習慣を改めるつもりはない。国民の暮らしを守る吏員として執務に専念すべき部下たちに無駄話で時を過ごす余裕などあり得ないことと思っていた。

すべての素案を内務卿の立場から熟慮を重ねて検討しなければ、実りある政策の実現は一歩も前に進まないのだ。

今度の地方官会議についても、あらゆる角度から地方行政を考察した上での松田の素案は、非の打ちどころが無かった。そのため、利通は何の不安もなく自分の代わりに松田に会議での答弁役を任せたのである。

地方官会議の開院式は明日の朝から行われるが、すでに五日から県令たちは東京に集められて、座席や議事日程などについて、議長を務める伊藤や内務卿の書記官と打ち合わせを行っていた。

「三十六県の県令権令および代理の大書記官が揃いました」

そして、伊藤は三十六県の代表者を四組に分けて組ごとにそれぞれ幹事を任命したこと、さらに幹事をまとめる幹事長として東京府知事の楠木正隆《くすのきまさたか》、楠木を補佐する幹事として愛知県令の安場《やすば》保和《やすかず》を指名したと報告した。

「あの時の木戸公はお元気でしたな」

伊藤は、木戸の提案により明治八年六月に開催され、木戸が議長を務めた第一回の地方官会議を思い出すように言った。

木戸が政府復帰の条件として提起したのが、この地方官会議の開催であった。その意を汲んで、利通は天皇の名の下に、その年明治八年の四月、元老院と大審院の設置、地方官会議の開催によって、漸次立憲政体の樹立を図るという詔書を発した。利通にとっても、欧米諸国に育まれていた議会の開設は憧憬《しょうけい》の対象であった。いずれ、木戸と心を一にして立憲政体の要ともいうべき地方官会議を権威あるものにしていかねばと思っていた。

第一回地方官会議は明治八年六月二十日から七月十七日まで、浅草東本願寺別院で開かれた。

地方官会議開催の報を知ると、高知県を筆頭に全国から十を超す県の民権家が選挙による区長・戸長《こちょう》の選出を要求して内務省や元老院に建白書を提出した。

木戸は事態を重く受け止め、会議の日程を延長してこの民選問題を討議した。結局、最後に出席した六十人の県令や権令による投票が行われ、十八票の差で民選案は葬られて官選案が議決された。

木戸は最後の最後まで地方官会議を主導し、地方行政の改善に尽力していたのだ。

利通は西南の役の渦中で無念の死を遂げた木戸の思いを、今度は自らの手で実現するつもりであった。

「大久保殿、熱海にお送りしました日程と審議事項についてはご異存ありませんでしょうか」

「結構です。このたびの地方官会議は何としてでも成功させねばなりません」

利通は伊藤や松田たちが用意した会議の日程表に再び眼を落とした。


明治十一年四月十日。

利通が内務卿として待ち望んでいた地方官会議の開会当日である。

議場は馬場先御門内の宝田町にある太政官の分室である。

かつての太政官は、右大臣岩倉具視邸の北側にあった旧陸奥白河藩上屋敷を接収したものであった。だが、明治六年の大火で焼失した皇城が赤坂の旧紀伊藩邸に移り、さらに太政官が政務の都合から同じ仮御所へと移動したため、そのまま太政官分室として維持されてきた。

利通はこの分室を地方官会議の会場にすることを決め、会議場にふさわしい設備を備えるよう命じた。この改良工事は先月末に完成した。正面の昇降口から入ると広い議事堂があり、さらに天皇を迎える臨幸口も別に設けられていた。議事堂内部の正面には贅《ぜい》を凝らした玉座が設けられていた。宮内卿からの連絡では、天皇は午前九時三十分に赤坂仮御所を出発する予定である。

会議の告知は二月十六日に内務省から各府県に通達されており、府県の代表者はすでに上京していた。召集されたのは三十六府県であり、まだ廃藩となっていない琉《りゅう》球《きゅう》藩と北海道の開拓使、さらに西南の役の後始末に多忙な鹿児島県は除かれていた。

議長として会議を主導する伊藤の他に、利通は伊藤と相談して審議を円滑に進めるために井上毅《いのうえこわし》ら八人の御用掛、そして事務方の総責任者として内務大書記官の松田道之を任命していた。

午前九時過ぎ、大礼服をまとった利通は、三条太政大臣、岩倉右大臣、大隈重信参議、大木喬任参議、寺島宗則参議、宮内卿徳大寺実則、元老院幹事陸奥《むつ》宗光《むねみつ》らとともに、天皇の到着を待った。他に、皇族として有栖川宮熾仁親王、伏見宮貞愛《さだなる》親王、東伏見宮嘉彰親王、北白川宮智成《さとなり》親王たちもまた天皇の臨幸を出迎えるために集まっていた。

　午前十時、臨幸の時を知らされた伊藤議長を始めとする議員は、利通ら参議、皇族とともに列を正して、臨幸門内の庭で天皇を出迎えた。儀仗《ぎじょう》兵を先頭にした天皇一行は陸軍軍楽隊による演奏での出迎えを受けて便殿に入った。

　そして、天皇は、三条・岩倉の両大臣、利通ら参議たち、さらに三十六の諸府県の議員たちを従えて会議場に入った。そして、天皇は伊藤議長に開会の勅語を下した。

　伊藤はその勅語を受取り、議長席に着席した。

　開会の儀式が終了し、天皇および付添いの宮内卿らが議場を出ると、議場にはようやく安堵のため息がここかしこで漏れた。

　開院式が無事済んだことで、利通が松田や林とともに議場を出ようとすると、見覚えのある中年の男が微笑みながら近づいてきた。

「お久しぶりでございます。福島の山吉《やまよし》でございます」

　山吉盛典《もりすけ》は福島県の権令である。

米沢藩主の小姓を勤めていたが、維新後に政府に出仕し、内務省大書記官から三年前の明治八年十二月に福島県の権令となった。その仕事ぶりは県民からも評価されており、利通の進める福島県郡山の安積開拓事業にとって重要な役割を担っていた。利通は、西南の役勃発前の明治九年に天皇の東北巡幸の先導役として福島を訪れた時、初めて士族の開拓事業を推進する山吉に出会った。

「中條書記官は息災ですか」

山吉との挨拶が済むと、利通は訊ねた。

中條政恒は利通に福島県郡山の安積開拓の必要性を執拗に訴えた人物だ。

明治十年九月二十四日、偶然にもその時、中條は内務省に出張しており、利通と面談中であった。まさに、その最中、利通は鹿児島での西郷隆盛の死を伝える電報を受取った。利通の硬い表情でその電文の内容を覚ったのか、中條は黙って執務室を去って行った。利通は今でもその後ろ姿が記憶に残っていた。

「はい、今は他県の士族を安積開拓に迎えようと尽力しております」

「まだまだお元気のようですな」

「そこが……」

山吉が少し顔を曇らせた。

やはり、二人の仲がまだしっくりとしていないのだと利通は思った。

あの強引とも言える手法で開拓事業に邁進する中條と、いかにもの能吏らしい官僚肌の山吉とは肌合いが全く異なる。また、利通の耳に届いていたのは、元会津藩士の安積開拓地への移住をめぐっての対立であった。

会津藩は維新直後、朝敵藩として下北半島に移住させられて斗南《となみ》藩となった。中條はかれら元会津藩士たちに同情し安積に移住させようとしたが、権令である山吉が中條のこの策に断固として反対したことで今だにしこりが残っているらしい。

だが、二人がともに熱望しているのは、水不足に悩む安積の開拓地に猪苗代湖から農業用水を引くことであるはずだ。

「山吉君、必ず安積疏水を実現させます。間もなく、内務と工部両省の建議を太政官に提出するつもりです」

すると、山吉の顔が綻《ほころ》んだ。

「ありがとうございます」

「会議中はお互い多忙です。一度、会議が終了したら、ゆっくり話しましょう」

「本当でございますか」

嬉しそうに、山吉は言った。

「林君、前島君と相談して、日程を調整してくれないか」

「わかりました。来月の半ばあたりはいかがでしょうか。会議は五月三日に終了しますから、わたしから連絡いたします」

林は手帳を取り出して言った。

「お手数をおかけします。福島の現状をくわしくお伝えしたいと思っております」

山吉が深く頭を下げて、利通たちを見送った。

内務省では、利通の指示により、この三月、中條らが開拓の拠点とした桑野《くわの》村の開成館《せいかん》に勧農局の仮出張所を設けている。責任者として権大書記官の奈良原繁と南一郎平《みなみいちろうべえ》を常駐させていた。利通はかれらに山吉や中條らが念願としている猪苗代湖から開拓地に水を引く疎水事業の着工準備を命じていた。さらにまた、疎水完成による開拓地の広がりを見通して、全国の士族たちから希望者を募り移住事業を進めさせていた。

明治四年から二年に及んだ米欧回覧の旅で、利通が実感したのは農業こそ国の基礎となる産業であることであった。アメリカ、英国、フランス、ドイツ等の先進工業国においても、政府の指導者たちがいかに農業を重視しているかを知った。次々と新しい農業政策を打ち出している実情を知り、殖産興業とはまさに工業と農業との調和によるものと覚った。

そのためにも、山吉や中條らによる福島県郡山の安積開拓事業を、日本の実例として実りあるものとしなければならないのだ。利通は遠ざかる山吉の後ろ姿を眼で追いながら、天皇とともに訪れた安積の緑広がる大地を脳裏に浮かべた。


地方官会議は、翌日の十一日午前九時より、実質的な議論が開始された。

利通は、内務省での業務を続けており、会議の討議内容の報告を利通の代理役である松田大書記官から受けた。

第一議案は、地方の行政制度の改革である。

利通が内務省の設置とともに整備した現行の大区小区制度は、治安を目的にしたもので、住民の暮らしに直接結びつく行政区画ではなく不便であった。例えば、東京・第一大区第一小区という区分けが、住民にとって馴染むものでは無かった。そこで、利通はかつての地名であった桜田町や宝田町、元千代田町のような名称に戻して住民の便宜を図ることにした。行政の利便さではなく、あくまで住民側からの利便性を採用したのである。

特に東京の市街地、かつての朱引内《しゅびきうち》と呼ばれた中心地域を「区」として十五の行政区域に分け、その地域以外を「郡」とすることを提起した。「区」の名称はまだ決定されていなかったが、幕政時代からの地名を生かして、「浅草区」、「四谷区」、「麴町区」などとする案が検討されていた。

この議案は賛成多数で了承され、利通が最も重要視していた府県会の創設に関わる第二号議案の審議が行われた。

第二号議案の骨子は、地域の行政全般を審議する府県会と府県会議員に関するものであった。

薩長を中心とする維新政府への反発から起きた民権運動や西南の役を経験したことにより、利通はいずれ日本にも西欧風の憲法と議会制の導入を図らねばならないと思っていた。そのための一歩として、地方から議会政治のあり様を模索することにし、西欧風の議会に倣った府県会の創設を提起したのだ。

利通は、この審議こそ、今後の立憲政体構築の最初の道程であると、信じて疑わなかった。この政府提案を府県代表の議員たちが吟味し検討することで、議会制国家への足がかりとなると確信していた。

第二号議案の審議は四月二十一日まで七日間に及んだ。

松田の報告によると、府県会の議員の数について「府県会の議員の人数を郡区の大小に拘わらず各郡区からそれぞれ二人とする」という提案に異論が出されたという。

「異例のことで、伊藤議長も驚いておりました」

松田が困惑した顔つきを見せた。

「いや、それでよい」

利通はむしろこの審議の様子に満足していた。

地方官が自由に発言し、それなりの意見を堂々と述べる場があってこそ、会議を開いた意味があるのだ。

「それで伊藤さんはどうされた？」

「さすが、伊藤議長は修正案を可とする者が多い以上、すぐに議員の中から五人を選出させてこの議案の修正委員とされました」

利通は伊藤らしい機転の利いた処置だと思った。伊藤は、すぐにこの条項について、修正委員たちに討議させることとして後日に案を発表すると議員たちに述べたという。

五月三日の会期の終わりまでにはまだ間がある。伊藤は残りの議案の審議の目処《めど》がついたところで修正案をまとめるつもりだろう。

利通は伊藤の巧みな差配ぶりに満足した。

次は、日本で初めての直接選挙による議員選出のあり方、さらに選出された議員で構成される議会の権限の問題であった。

議論が沸き起こったのは、府県会の議員になるための資格要件を満二十五歳以上の男子で郡区内に居住し、地租十円以上を納める者としたことである。

愛媛県権令の岩村高俊《いわむらたかとし》から、現住所を当該郡区内とするだけでなく本籍地も同じでなくてはならないと定めるべきという意見が出されて、賛同者が二十三人に及び、修正することに決した。また、議員の失格条件として挙げられた「懲役一年以上の者」に「窃盗罪」を加えるべきという動議が藤村紫朗《ふじむらしろう》山梨県令から出され、賛成者が二十人となって修正されることになった。

さらに、府県会議員の選出に関する条項も議論となった。

利通は初めての選挙による府県会議員の選挙権をどうするか迷った。

大革命を経たフランスでは、すでに三年前の明治八年に成人男子すべてに選挙権が与えられていた。だが、君主制を革命によって打倒したフランスの政策は模範とならない。外務省からの情報では、国王を元首として早くから議会政治を展開している英国でも納税額を基準として選挙権の有無を決定しているとのことだ。不動産を持つ高額納税者こそ税の使い道に発言権を持つべきであるという考えらしい。

維新からまだ十年を経過したばかりの日本の状況を考えると、やはり限られた富裕層に選挙権を与えるべきと、松田は主張した。名望家として私益でなく公益を重んじる恒産ある者のみに議員資格と選挙人資格を与えるべきという松田の考えに、他の幹部も大方賛意を表明した。

利通もまた西南の役の余燼《よじん》の残る日本の現状からして、たとえ府県会議員選挙であってもフランスのような普通選挙制度は時期尚早であると判断した。

そして内務省の草案として、「議員となる者、さらに選挙人となる者は満二十五歳以上の男子で、その郡区内に居住して地租十円以上を納める者」とした。

この制限条項の厳しさに対して、予想通り、地方官から異論が出た。修正案は、十円以上ではなく五円以上の地租納入者とするというものであった。この修正案に対して二十人の賛同者が現れ、これもまた修正委員によって討議することが決まった。

結局、これらの懸案事項は伊藤議長の巧みな議事運営によって四月二十四日に解決された。

利通は、松田からの府県会の構成と選出をめぐる議事の報告を受けて満足した。選挙によって地域を代表する議員を選び、地方独自の政策を討議させ行政に反映することがようやく可能となったのだ。たとえ地方行政のみを審議する議会であっても、いずれ国家全体の議会開設の糸口になるのだ。

利通はこの会議で成立した各議案を内務省で急ぎ審議し、今年中に内務卿である自分の名において公布することを決意していた。

五月三日、第二回地方官会議は閉院式が挙行された。

予定では天皇の臨幸が行われる筈だったが、天皇の体調がおもわしくなく、大勲位二品《にぽん》の有栖川宮熾仁親王が天皇名代として迎えられた。

午前九時三十分、有栖川宮は皇居を出て議事堂に到着した。

議事堂前では伊藤議長を始めとして各県の議員、さらに会議の御用掛らが整列して宮を出迎えた。利通ら政府高官は、伏見宮親王とともに議事堂の臨幸口で宮を迎えた。

当日議事堂に参集したのは、三条太政大臣、岩倉右大臣、山県有朋参議、黒田清隆参議、さらに元老院幹事河野敏鎌、元老院議員東久世通禮《ひがしくぜみちとみ》、同じく議員福羽美静《ふくばびせい》らであった。その他、司法大輔山田顕義、工部大輔山尾庸三《やまおようぞう》も参集していた。内務省からは、林小輔と前島少輔、陸軍省からは大山巌少将らが顔を揃えている。

有栖川宮は全員が議事堂内に集まった時、用意された勅語を朗読した。

「会議終わるを告ぐ。朕《ちん》、汝各官のよく誠をいたし言をつくすを嘉《よし》とす」

短いが力のこもった勅語の伝達であった。利通より五つ若く、今四十三歳という働き盛りの時を迎えており、陸軍大将として見事に陸軍を統括していた。

議事堂から去っていく宮の凜とした後姿に、利通ら政府関係者は深く頭を下げた。

宮一行が去った後、利通は大隈とともに議事堂に残り、伊藤議長を始め各議員たちの二十日あまりの労苦をねぎらった。

見覚えのある議員も多くいる。かれら知事、県令や権令、さらに大書記官は、利通が内務省の人事として府県に送り込んだ者たちだからだ。可能ならひとりひとりを内務省に招き、各県の情勢を聞きたい思いだった。

ひと通り県令たちへの慰労の挨拶が終わりかけた時、満面の笑みを湛えた男が近づいてきた。福島県権令の山吉盛典である。

「山吉君、長い間、さぞ疲れただろう」

「いや、そのようなことはございません。これからの県行政に役立つ情報を他の議員から聞くことができました。それに、前の福島県令をされていた安場殿にお会いできたことはこの上ない喜びでございました」

「それは良かった」

利通は笑みを浮かべて大きく頷いた。

「大久保殿」

傍らにいた前島が小声で利通に言った。

「山吉議員との面会の件でございますが」

「そうだったな。いつだ」

「十四日に太政官で閣議がありますので、その前の時間ではどうでしょうか」

「わかった。山吉君いいか。朝早いぞ」

定例の閣議は九時に始まる。その前に山吉に会っておきたかった。福島県内の安積開拓地を中心とする士族授産の現状を詳しく聞くつもりである。時間がゆっくりとれるのはその朝しかない。

すると、山吉はうれしそうに言った。

「必ず、お邪魔いたします。その折に」

利通に挨拶しようとする他の県令たちを気遣い、山吉は足早にその場を離れた。ひと通り、県令たちと挨拶を交わし終わった時、大隈が、利通に近づいてきた。

「例の公債の件ですが、かれらに伝える機会はいつになるでしょうか。せっかく一堂に会するのですから、予め、おおよそでも全員に伝える必要があります」

大隈は懐から手帳を出しながら言った。

利通は即座に言った。

「明日の延遼館での慰労会ではどうでしょうか」

「それは好都合ですな。政府も金を集める手立てに苦労していることを、県令たちに知ってもらわねば」

大隈は大きな口を一層広げて笑った。

大隈は利息付の起業公債を発行することで、財政難の政府事業を有効に実施する計画を早くから打ち出していた。利通にしても、この政策の大きな意義を早くから認めている。

すでに先月六日、三条太政大臣に士族授産を兼ねての諸事業を公債によって実施することを建議している。総経費六百万円の公債額であった。

そして翌七日、最初の事業として福島県の山吉権令や中條書記官が切望している猪苗代湖から安積開拓地までの疎水事業を建議していたが、これらはすべて認められ、すでに千二百万円発行の布告が出されていた。

大隈はこの起業公債の詳しい説明を口答で各県令権令に伝える機会が欲しかったのだ。無論、利通にとっても異論はない。布告の条文だけでは、一般国民から募集する利付き公債の意義について、各県令たちはまだ十分に理解していない。県令たちがそれぞれ任地へ戻り富豪や地主たちに説明し説得することで、多額の資金が調達できる筈だ。

利通は、日頃の大隈の鋭い弁舌に圧倒されることがしばしばだった。こうした機会を利用して雄弁な大隈が県令たちに理解を求めれば、予想以上の成果が現れるに違いない。大隈とともに、自分もまた内務卿の立場からこの公債の意義について話そうと思っていた。

「それから……大久保殿」

別れ際に、大隈が利通を見つめた。

「ようやく日本にも選挙制度が確立するのですな。地方だけとはいえ感慨無量です。これに引き続き憲法を制定して議員を選び、国会を開く道筋が出来たわけです。いずれまた、この件についてお話ししましょう」

「いずれ……」

利通はそれだけ言うと、口を閉ざした。

大隈は利通の微妙な立場を察したのか、

「大久保殿、では明日」

と言って足早に去った。

大隈の持論が立憲政体を日本に早く導入することであることはわかっていた。

利通にしても、いずれその道を歩むことを理想としていたが、政府閣僚の間では、早期の憲法の制定と議会の開設に慎重な立場を取る者も多かった。優れた行政手腕を持ち政府部内で大きな影響力を持つ伊藤もその一人で、大隈の考えには異論があるようだ。

今回の地方官会議によって、ようやく地方の府県会に直接選挙の制度が導入され、その意義が日本の隅々に少しずつ広まっていく道が築かれたばかりだ。

利通は、今はまだ政府部内の様々な意見を調整しながら、立憲制への道筋を少しずつ切り開いていくという漸進《ぜんしん》論を取らねばと思っていた。

第十一章　決行

明治十一年五月五日。

陸は部屋の入り口で島田一郎と長連豪を見ると、一瞬、硬い顔つきとなった。

時期が近いことを覚ったのだろう。

島田が長と共に陸の宿に行ったのは、陸がこの日東京を離れることを知ったからだ。

「どこへお発ちか」

座布団に腰を据えると、島田が聞いた。

「伊勢まで足を伸ばすつもりだ」

「何か、願掛けでも？」

長の問いに、

「出来れば、鹿児島へ行ってみたい。西郷殿や桐野殿の無念の思いをかみ締めてみたいのだ」

と答えて、陸は固く口を閉ざした。

西郷、桐野の名前を聞いて、島田も視線を下に落とした。

三人はしばらく無言だったが、やがて陸が長に訊いた。

「気にしては困るが、別に他意はないのだ。あの浅井という他国者は大丈夫か。事が迫っている大事なこの時だ」

やはり、金沢藩士ではない浅井寿篤のことが気がかりなのだ。

長は、そこで浅井が元金沢藩士であり忠告社の同志である橋爪と親しい関係にあり、橋爪の説得で利通暗殺の挙に加わることを決めたいきさつを詳しく話した。

「聞くところによると、巡査でありながら酒を飲みすぎ、公務をおろそかにしたというではないか」

長は軽く頷き、浅井の来歴を話した。

東京警視本署の巡査だった浅井は西南の役に政府軍として参加して西郷軍と戦い、八月に帰京したが、慰労の休暇を取得して遊興にふけり公務を疎かにして他の巡査と共に免職となったと隠すことなく陸に告げた。

「たしかに、そのような不祥事も起しましたが、政府の士族圧殺の策、そして利通の悪行についての怒りは並みではありませぬ」

長は力をこめて陸に告げた。

「その証拠に、金沢でわれらの義挙の企てが密に漏れているのを知り、すぐに東京に戻ってきたのです」

と、島田もまた浅井の決起への強い意志を力説した。

島田と長らの企てが失敗に終わった時の備えとして橋爪と浅井を第二陣の襲撃隊として金沢での同志の勧誘に赴かせたこと、そして金沢での島田らの企てについての不穏な噂が流れているのを知り先陣を務めるために急遽東京に戻ったことなどを、詳しく陸に話した。

「一緒に行った橋爪はどうした？」

「残念ながら、かれは金沢に残りました」

金沢では企てに加わりながら脱落した親友の大野らが橋爪を説得して決起を断念させたという。だが、浅井は橋爪に同調することなく金沢を後にしたと、島田は話した。

「浅井君の死を賭した思いはまさに我々と一心同体でございます」

さらに、島田は付け加えた。

「ご存知の通り、義挙に加わる最後の同志、杉本乙菊も浅井と同じ日、四月三十日に戻ってきました。六人となりましたが、これで企てを実行することに決めました」

「それでいいのか、松田は？」

長も松田の件では苦慮していた。

四月十六日に杉本乙菊の上京を再度説得に向った松田だが金沢に四月二十一日に到着したという書簡は受け取ったものの、その後、連絡が途絶えていた。

上京を促がす筈であった杉本本人は入れ違いに三河屋に止宿し、すでに勧学義塾を退学した脇田巧一と共に三河屋に待機していた。

残るは一番年少の杉村文一である。

島田と長は、企てが露見するのを避けるため、杉村を勧学義塾の寮に留めておいた。決行期日が決まった時に、杉村を四谷尾張町の林屋に呼び寄せるつもりであった。

「よし、わかった。松田を待たずに事を起こすというのだな」

「かれを一日待てば、一日遅れます。金沢で広まっている噂が警察を通じて警視本部の川路にでも届いたら、すべてが水泡に帰します」

島田の言葉に、陸は深く頷いた。

「もう貴殿たちには会えぬな」

切なそうな声色だった。

「はい、たしかに」

「別れの宴と言いたいところだが、その備えもない」

「いや、一献と思い持参しました」

長は持ってきた風呂敷包みを解き、五合徳利と三つの茶碗を取り出した。

「すまぬ。これから、長い旅路だ。持ち帰ってくれ」

陸は体を起し立ち上がろうとしたが、再び座り直した。

「貴殿たちは、四月十三日の東京日日新聞を読んだか」

「いいえ」

島田は答えた。

四月十三日といえば、一ヶ月も前のことで、島田が上京したばかりである。

「地方官会議の開幕を告げる記事でな。その記事を書いた者は久保田《くぼた》貫一《かんいち》というのだ。内務卿大久保利通がこの会議に賭ける意気込みを評して、『西郷の妖雲《よううん》すでに晴れて、意気揚々と会議に臨む』と書いていた。今や、西南の役で殺した盟友西郷殿への思いを断ち切った利通だ。向うところ敵なしだろう。だからこそ、油断もある。この機を逃すではないぞ」

島田は長を見やり、唇をかみ締めて大きく頷いた。

陸とともに玄関から出ると、眩《まぶ》しいほどの五月の陽光であった。

「では、ご息災で」

島田は大きく頭《こうべ》を垂れた。

「われらの思いを綴《つづ》って戴いた斬奸状は、挙が成った時、必ずお上の元へ届けます」

長の思いを込めた言葉に、陸は深く頷き首を反《かえ》して歩き始めた。

しばらく、島田たちは陸の肩幅の広い後ろ姿を見送っていた。

すると、急に陸が振り返った。そして、大きく手を上げて振った。最後の別れの挨拶なのだろう。

島田たちもまた大きく手を振り上げた。

陸の姿が小さくなった時、島田は呟くように言った。

「申し訳ないが、仕方あるまい」

最大の援護者である陸に決行の日時を告げなかったことを、島田は悔やんだ。

「いや、最後の最後まで用心せねば、一度しか決行の機会はないのです」

長の硬い表情を見つめて、島田は頷いた。

五月九日早朝、島田は長とともに林屋を出た。

堀沿いに北に向えば太政官と紀尾井町の間の橋際に出るが、太政官への門を警護する巡査たちに感づかれる恐れがあった。長く東京に滞在している長もこの太政官の正門には滅多に近づかないことにしていた。

「赤坂御門近くで待ちましょう。外堀沿いの茂みに身を潜めて様子を探りましょう」

辺りの地理に詳しい長に従い、島田は北に向かい四谷御門から皇居の外郭に入り、紀尾井町の路地を南に進んだ。

明治東京地図で何度も確かめた元紀伊、尾張、井伊の諸藩の広大な屋敷が広がる区画に足を伸ばし、そのまま赤坂御門脇の草むらに身を潜めた。

物音ひとつ聞こえることのない静寂な時だ。

「九日だな」

島田が思わず呟いた。

長は不審そうに島田を見つめて頷いた。

「五月九日です」

自ら確かめるように、長は囁《ささや》いた。

「来るな」

「多分……」

長が答えると同時に、道の小石を蹴る馬車の音が響いてきた。

「利通の馬車だろうな」

島田は長の顔を見た。

「馬車は三年坂を上ってきました。利通の馬車です」

「見誤るな」

「大丈夫です」

長は自信ありげであった。

去年十一月に上京して以来、長は利通の馬車の様子を何度も確かめていた。

今年に入ってからも、天皇の王子行幸の際に、予め参議たちの馬車が次々と止まる地点ちかくに身を潜めて、馬車から降りる利通の姿を目撃していた。そして、馬の姿形、馬車の形や御者、さらに馬車に付添う馬丁の顔かたちまで頭に叩き込んでいた。

「来る……」

蹄《ひづめ》の音が近づいて来る。

近くを走り去る馬車の速さを確かめるように、島田は指を折って動きを測った。

「さして早くない、待ち伏せして飛び出せば、必ず止められる。御者《ぎょしゃ》や馬丁に構わず、ひたすら利通を狙う」

島田は確信して呟いた。

「これで決まりましたな」

長は陸にも告げなかった決行の日を小声で言った。

「……五月十四日……」

「間違いない。利通が太政官に出仕する日です」

長は、以前勧学義塾に入学する杉村文一とともに、利通襲撃の最適な場所を探ったことがある。長が選んだ紀尾井町の小路をいついかなる時刻に通過するか知らねばならなかった。

そして、ようやく利通が月に三度、紀尾井町を抜けて赤坂仮御所の太政官に出勤することがわかったのだ。

その探索の役割は、警視本部に勤めていた浅井が務めた。浅井は赤坂仮御所の警備に就いている警視第三方面第二分署の知り合いから入手したのだ。

貴重なその情報は、利通を始めとする参議たちは、毎月四と九の付く日に太政官で会議を開くとのことであり、利通の馬車は必ず紀尾井町の道を北に抜けて左折し、外堀を渡って太政官に入るということであった。

「よし、後の手筈は林屋で詰めよう」

襲撃の日と決めた五月十四日まで、あと五日しか残っていない。それまでにすべてのことを成し遂げねばならないのだ。

島田の脳裏にはさまざまな仕事が浮かんでいた。

利通をその場で亡き者にする決定的な手立て、さらに決行後の身の処し方、陸の苦心の作である斬奸状の始末、そしてまた六人の死を賭した行いを世間に訴える術策……。

利通の馬車の走る音はいつの間にか消えていた。

あたりは再び静寂を取り戻した。

「必ず、事は成る」

島田は長を見つめた。

かすかな笑みを漂わせて、長は大きく首を縦に振った。


林屋で島田たちを待っていたのは、脇田巧一であった。

島田はすでに脇田と同じ本郷の三河屋に泊まっている浅井寿篤と杉本乙菊の様子を聞いた。

「五月中の決行を信じて、身を謹んでおります。官憲との関わりでもあれば一大事でございますゆえ」

「同宿の者たちに動きを気取られてはならぬ。その点、くれぐれも用心するようにしてくれ」

島田の厳しい顔つきを見て、脇田は頷いた。

「朗報をお伝えしても」

長が島田に了解を求めるように言った。

「かまわぬ」

ここまで待ってきた以上、脇田、そして浅井や杉本に伝えるべきだと、島田は思った。長は辺りを見回した。廊下や隣室に人の気配がないかどうか確かめるような素振りだ。

「心配ない。泊り客はすでに宿を発った。階下の夫婦だけだ」

島田の言葉に、長は安心して言った。

「五月十四日、朝七時半、われら六名、この宿を出て紀尾井坂に向います。襲撃地点を決めました」

長は以前買い求めていた大判の明治東京地図を畳に広げた。

そして、長が指差した紀尾井坂の中ほどを見て、

「やはり……」

と脇田は言った。

「脇田殿、浅井殿が探索したように、今朝、五月九日、利通の馬車がこの坂を抜けて太政官に向かいました。この後、太政官への参内は四の日、つまり五月十四日となります」

長が緊張気味に言うと、脇田は、

「決まりましたな……、ようやく」

と、大きく息を吐いて言葉を発した。

脇田が松田とともに上京したのは長よりも二ヶ月早い。ここまで待ち続けた心労は並大抵ではないだろう。

島田は、脇田に言った。

「松田はもう駄目だ。間に合わぬ。金沢の状況は予断を許さぬからな」

島田は、自分らの動きが金沢警察から東京警視本部の川路大警視に届くのは近いと

思っていた。金沢警察の密偵がすでに金沢へ金策に赴いた松田を捕らえたかも知れないのだ。

「いいな、かれは捨てる」

「わかった」

脇田は島田と長を見据えていた。

「よし、次だ」

島田は、脇田をわざわざ林屋に呼んだ訳を語った。

脇田が居合い抜きの名手であることを聞いていたからと、前置きして、

「二頭立ての馬車だ。先ず馬を止めねばわれら手も足も出せぬ」

「長刀ですな」

脇田はすぐに自分の役目を覚ったようだ。島田らは懐に短刀を忍ばせているだけだ。廃刀令が出ている世情であり、迂闊に長刀を身につけることは不可能だからだ。命を奪うには、長刀で馬車の脚を斬り、利通を外に引きずり下ろさねばならない。

「やってもらえるか」

「無論のこと。しかし、白昼に長刀を持ち歩くのは難ですな」

「それは拙者らで考えます。先ず浅草あたりの古道具屋で貴殿好みの刀を手に入れて

下さい。お願いする」

長が懐の財布を取り出した。

「ごめん」

脇田はそれだけ言うと、財布を手にして席を立った。

「先ず、本郷に戻り、決行の日を二人に伝えます。刀はその後に」

幾分、興奮した顔つきを見せて、脇田は部屋を出て行った。

「刀はどうすればいいか」

島田は脇田の買い求めた長刀の処置について、長に問いかけた。

「前夜、人目につかぬよう、紀尾井坂近くの藪《やぶ》に隠せばよろしいかと」

しばらく思案していた長がひとつの解決策を示した。

「太い竹筒に刀を入れて、坂の途中にある石橋の下に隠すのはいかがか」

名案である。

確かに深夜早朝、あの辺りは人通りが全くない。

「わたしが適当な場所を今夜探してみましょう」

「いや、拙者が行く。大事な策だ。これを仕損じるわけにはいかぬ」

と、島田はきっぱりと言った。

残るは、事が幸いにも成就した場合の処置だ。

懐に入れておく斬奸状はそのまま太政官に差出して縄を受ける。目的は利通ひとりだからだ。事を成す真意はすべて斬奸状に認《したた》めているが、もし政府・警察が握りつぶしたらどうなるか、島田と長はこの日まで思いあぐねていたのだ。

「やはり、三河屋の木村に頼まねばならぬ」

脇田らが止宿している本郷三河屋の主人は元加賀藩士の木村到英である。

島田は小さい頃から木村を知っており、三河屋は東京に来た際、必ず泊まる宿であった。

木村はすでに島田らの動きを察知しているのだろう。時折、脇田らを穏やかな視線で見つめることがあるらしい。

「あの男しかいないのだ。なんとかして引き受けてもらわねばならん」

それは、陸が起草した斬奸状を書き写して、木村に新聞社へ届けさせることだ。

「大丈夫です。わたしが何としてでも木村殿を説得いたします」

「頼む」

島田の言葉に、長は大きく頷いた。

島田の了解を得た長は書棚の隅に隠していた陸の斬奸状をゆっくりと取り出した。

第十二章　五月十四日　紀尾井町

明治十一年五月十四日早朝、利通が眼を覚ますと、妻の満寿子から福島県権令の山吉盛典の来訪を告げられた。

寝室の窓から外を垣間見ると、未明に降ったらしい雨で庭の木々が濡れていた。だが、今は厚い雲の切れ目からわずかに青空が望めた。

食堂でいつものように家族と一緒に朝食を採った。

利通の朝食は、いつものようにパンだ。それに砂糖とブランデイを加えた牛乳を飲むことにしていた。甘い物が好きな利通らしい献立である。二年近くの米欧回覧の旅から身についた献立であった。

朝食を済ますと、すぐに着替えを済ませて書斎に向った。

山吉との話が終われば、すぐに太政官に行かねばならないからだ。公務に赴くためにいつも着用するフロックコートが少し体を締め付ける。

「お忙しいところまことに申し訳ありませぬ」

山吉の恐縮した様子に、

「いや、朝早く申し訳ない。ところで、公債についてはどう思うか」

利通は、地方官会議の終わった翌日の五月四日に芝の延遼館で開かれた県令たちの慰労会で話した起業公債についての感想を訊いた。

「まさに、わが県への多大なるご援助、感謝しております」

「よかった。大隈殿と苦心してまとめた公債であったからな」

起業公債は士族たちへの授産事業を支援し、さらなる殖産興業策を展開する重要なものだ。今までのような俸禄を失った士族たちへの救済的な公債ではない。国民ひとりひとりの資金提供によって幅広い国家事業を展開するためのものだ。維新から十年、今こそ新しい日本の歩みを刻むための政策であった。

「内務卿のお力強い訓示に、多くの県令たちが感銘を受けたと申しておりました」

と、山吉は微笑みながら言った。

二本松藩からの士族移住から始まった福島の安積開拓の実績をさらに後世に引き継

がねばならないと、利通は思っていた。

天皇の東北巡幸に付き添うことにより、山吉や中條たちが安積開発に賭ける熱い思いを知った。そして、中條たちが率先して二本松藩の士族たちに切り開かせた桑野村の開墾場を行幸の日程に加えたのだ。

この時より、利通は福島県郡山一帯の原野の開拓に力を注ぎ始めた。中條たちの強い要請によって猪苗代湖からの疏水を検討し、二本松藩だけではなく全国の士族たちの移住開拓の地として福島の原野を豊かな農地に変貌させる決意を固めた。

「このたびの会議で、元福島県令の安場殿にもお会いすることができました。安場殿もこの起業公債事業のひとつとして疏水事業が加えられたことを大変お喜びになられていました」

「四十二万では足りぬかも知れぬ。だが、その時はいつでも内務省に申し出てくれ」

「お心遣い感謝しております」

テーブルに頭をこすりつけんばかりにして、山吉は礼を述べた。

利通は五月一日に公布された起業公債証書発行条例を想起した。

公債の募集額は一千万円、そのうち内務省所管は四百二十万円だが、猪苗代湖疏水事業にはその一割強の四十二万七千百円を計上している。福島の現地に係官を派遣して疏水事事を開始するのは、来年十月に予定されていた。

「完成はいつになるかわからんが、三年は必要との試算もある」

現地での事前調査によると、湖の東岸から牛庭原《うしにわはら》まで二万二千五百九十間という長い距離になるという。容易な工事ではない。

だが、この計画の着手により、多くの士族の移住政策が可能となるのだ。全国には暮らしの目処が立たず、不満を抱いている士族たちが依然として多い。かれらの苦しい状況は各地の県令からも多く寄せられていた。かれらが生きる糧を開墾事業によって得られるようになれば、西南の役のような無謀な決起は皆無となるだろう。多くの有為な若者を死なせたあの悲劇を、政府の指導者の一人として繰り返させてはならないのだ。

「山吉君、それまで県令として現地をしっかり守ってくれ」

「ご心配には及びません。疏水事業開始の報を全国に伝えたところ、早くもこの秋には九州久留米藩の士族たちの移住が本決まりとなりました。新しい村が安積にまた生まれます」

山吉はうれしそうに言って、懐中時計を背広の胸から取り出した。

「つい、時を過ごしました」

山吉は立ち上がろうとした。

「待て、話しておきたいことがある」

利通は山吉を座らせた。まだ言い足りないことがあった。

怪訝な顔つきで、山吉は再び腰を下ろした。

寡黙な利通が自ら話したいと言い出すのが珍しいことと思ったのだろう。

利通は今自分が手がけているのは、当面の起業公債による事業ばかりではないことを伝えたかった。

「わたしは、維新の大業が成就するのは三十年かかると思う。今年は明治十一年、最初の十年が過ぎたばかりだ。次の十年、つまり明治二十年までを第二期としよう。この時期こそおろそかにできぬ重要な十年だ。成さねばならない事業が山積している」

利通はいつしか胸中に熱いものが流れるのを感じていた。

これほど溢れるような思いで他人に自説を語ることなど滅多にないことだった。

眼の前の山吉も唖然《あぜん》として自分を見つめている。

「この十年は、先ず君や中條が望んでいる福島の開拓事業だ。くどいようだが、もう一度言う。君たちのような指導者が刀を鍬に代えて新しい生き方を始めるかれら士族を支えねばならない。どうかこの事業を成功させてくれ。わたしは力の限り援助する」

「はい。わかっております」

「次は、水運や鉄道などの交通網の整備のような国民の暮らしに結びつく事業を完成させねばならぬ」

利通は息を継いだ。

「問題はその後だ。次の十年は今までの事業を後進が引き継いでいく。そして、かれらがこれらの事業を国家の繁栄のために運営していくのだ。わかるか」

そして、利通は、

「あと二十年で、日本は西欧列強に伍す国に生まれ変わる。いや生まれ変わらねばならないのだ」

と、大きく頷いた。

「これが、今のわたしの思いだ。だからこそ、あと十年の間、わたしはこの国のすべての課題を担うつもりだ」

口の中が乾くのを感じた。

かなりの時が経過したかも知れない。

「わかりました。では、これでお暇《いとま》させて戴きます」

「そうか、では息災でな。戻ったら中條にもよろしく伝えてくれ。中條は頼りになる男だ。考えの違いもあろうが、力を合わせて士族たちの生きる道を切り開くのだ」

そして、利通は山吉を書斎の前で見送った。

山吉の馬車が去ると、利通は書生を呼んで待機している馬車を玄関前に引き回させた。いつものように、フロックコートと山高帽、外出の際に持ち歩く袱紗《ふくさ》に包んだ御用箱と革製の書類鞄《かばん》を持って玄関に出た。

玄関先には、英国製の二頭立ての馬車の前には御者で二十六歳になる中村太郎が馬丁の芳松とともに立っていた。芳松は、本名小高芳吉《こだかよしきち》という男で二十九になる。二人とも長い間、利通に仕えていた。

玄関には、妻の満寿子が長女の芳子を抱いて立っている。いつものように利通を見送るためだ。

だが、いつもは愛らしい笑顔を見せて見送ってくれる芳子がぐずり始めた。満寿子は困惑して宥《なだ》めようとするが、泣き止まない。

利通は馬車に乗り込むと、御用箱と愛用の書類鞄を座席の脇に置き、玄関口に戻った。

「わかった、わかった。乗りたいのだな」

と言って、芳子を抱いて馬車に乗り込み、御者の中村に命じた。

「一回りしてくれ」

中村は顔をほころばせて頷き、御者台に座って、軽く鞭《むち》を当てた。

二頭の馬は、利通の意図を覚ったかのように、広い玄関先の道を一周した。すると、利通の膝に抱かれた芳子が泣き止んだ。

「よし、よし、いい子だ」

芳子を抱きながら馬車を降りた利通は、近寄った満寿子に芳子を渡した。

「どうしたんでしょう。いつもはご機嫌なのに」

満寿子が困惑して、利通を見つめた。

利通はかすかに笑みを浮かべて、そのまま馬車に乗り込んだ。

馬車が走り出すと、利通は御用箱を膝の上に置いた。

御用箱の中には、今年八月に予定されている天皇の北陸東海巡幸についての覚書、そして届いたばかりの東京府知事である楠木正隆からの書状が入っていた。

いつも護身用に持ち歩いていた拳銃がその中に無かった。

アメリカ・レミントン社製の二連発の短銃である。内務省の部下たちが利通の身を案じて用意してくれたものだ。

だが、短銃は、会計係の小林隆吉に預けて掃除を命じていた。

太政官での閣議の後、別の打ち合わせに参加することになっていたからである。それは支那《しな》公使主催の招待の宴で、他の外国の公使たちも参加する親善の集まりであったため、短銃のような武器を持ち込むことを避けたのだ。

楠木からの書状は、八月に発行予定の起業公債についての問い合わせであった。

楠木は天保九年生まれで利通より八歳若い。内務大丞、新潟県令などを経て東京府知事となった極めて優秀な内務官僚だ。地方官会議でも会議のまとめ役として重要な役割を果たしてくれた。首都の東京を統括する知事として、これからも敏腕を振るってもらわねばならない。

利通は、楠木からの書状だけを御用箱から取り出した。

もう一度、読み返そうと思ったからだ。

だが、すぐに書状に眼を走らすことはせず、まだ人気《ひとけ》の無い裏霞ヶ関の左右を眺めた。

平坦な道だが、馬が小石を跳ねるたびに、横揺れする。

利通と同様、今日の閣議に出席する大木喬任司法卿の門前も静まり返っていた。

御者の中村によると、大木はいつも紀尾井町を通らず赤坂御門から外堀沿いに太政官に出仕するという。ならば、もうすでに屋敷を出ている筈だろう。

ドイツ公使館の前を過ぎると、少しなだらかな坂になる。

——これからの十年は維新の完成の時……

利通は、福島県権令の山吉に言ったことを思い出した。今後の国のあり方に自分の役割を重ね合わせるなど、親しい伊藤にも口にしたことがなかった。

自分が口にした「これからの十年」……。

それは盟友西郷の死からの十年であった。自分の心を突き上げていたのは、盟友西郷とともに成し遂げたかった維新後の新たな国造りであったのではないか……。

利通は傍らの革鞄に眼を移した。

中には西郷からの二通の書状が入っている。

西郷は書状で、幕末から維新へと続く激動期に西郷が直面した政局の困難さを訴えていた。まさに、西郷との固い絆《きずな》を示すものであった。

西郷の死後も、利通は参議内務卿として国政の舵を取る自分自身への戒めの意を込めて身近に置いていた。

一通は戊辰の戦の時、東征軍を率いて江戸に向う西郷が詳細な会津征討の軍略を記した書状だ。西郷は敵は唯一、会津藩のみと断定し、仙台藩に追討を命じて米沢藩ら東北三藩に仙台藩を加勢させるべきと、詳細な軍略図を添えて書き記していた。

　当時、京都にいた仙台藩の重臣がその去就をはっきりと打ち出さなかった頃である。結果的には仙台藩は反政府側に転じた。だが、米沢・秋田の二藩は政府軍に属し、東北での戦況は有利に展開した。

　利通は西郷に軍事面での総指揮を託していただけに、西郷からの戦局と軍略の報告が京都や東京での政局運営にとって重要な情報元であった。

　他の一通は、西郷から受取った最後の書状だ。明治五年二月十五日に書かれたものである。条約改正を目指してアメリカに滞在中の利通が送った書状への返信である。

「尚々、貴兄の写真参り候処、如何にも醜体を極め候間、もふ写真取りは御取り止め下さるべく候、誠に気の毒千万に御座候」

　と、その書状は書き起こされていた。

　利通がアメリカからの書状に入れた自らの肖像写真を醜悪と決め付けている。利通は西郷の写真嫌いがこれほどとは思ってもいなかっただけに驚いた。その苦言を冒頭に記したのは、西郷が自分に寄せる親密な感情の現れではないかと、利通は思ったものだ。

　そして、対アメリカとの条約改正を好意的に捉え、

「御着き涯より御応接、御寸暇これなき趣、余程御難渋の程と存じ奉り候」

と、利通の労苦をいたわってくれていた。

だが、その後で、頻発する百姓一揆や不平士族の状況、さらに政府部内の混乱した様子を克明に伝え、一刻も早く利通が帰国することを望んでいた。

しかし、その翌年、ロシアに向う使節団を離れてドイツから急遽帰国した利通を待っていたのは、征韓論を巡る西郷一派との熾烈な闘いであった。

そして、四年後のあの鹿児島での西郷の無残な死……。

今、自分が成すべきは、盟友西郷とともに誓い合った維新の大業を自分ひとりで成し遂げる事でしかない。西郷を見捨てた男として非難されていることは十分わかっていた。だが、憎まれながらも自分なりの方法でこの国の進むべき道を切り開かねばならない。

殖産興業の財政的裏づけとなる公債の発行、さらに念願だった地方官会議の開催による地方行政の抜本的な見直しもすでに完成した。残るは、西欧諸国に準じた日本固有の憲法の制定と議会の開設であろう。

何とかして、岩倉や木戸、そして伊藤らとともにかつて見聞した米欧の議会制度をこの遅れた国日本に根付かせるまでは……。

立ち止まることは出来ない。

利通は、西郷とともに維新に賭けた熱い思いと血涙にまみれた故郷鹿児島の大地の姿を脳裏から消し去ろうと、楠木からの書状を御用箱の中から取り出して読み返した。

——これからだ。西郷たちの死を無駄にしてはならない。いいか、楠木。ともに力を尽くさねばな……。

読み終わった利通は、「大久保内務卿殿」と太く雄渾な書体で書かれた宛名を指でなぞり、傍らの御用箱に書状を納めた。


同日、午前七時前、脇田と浅井の二人が本郷・三河屋を出て尾張町の林屋に集まった。すでに林屋には前日から勧学義塾の寮を抜け出していた杉村が待機していた。

前日、島田と長は林屋に来た三河屋の木村に新聞社に発送する二通の斬奸状を託した。最初は渋っていた木村だが、親友島田の死を賭した愛国の熱情を無にしてはならないと思ったのだろう。木村は硬い表情で書き写された二通の斬奸状を受取った。

その末尾には死を覚悟して事に挑もうとする島田たち六人の名が記されていた。

封に記された斬奸状のあて先は、「近時評論」と「朝野《ちょうや》新聞」の両社である。さらに、「近時評論」への添え書きに、「東京日日新聞」と「報知新聞」にも伝えるよう依頼していた。

「いつ、これを?」

木村の問いに、

「昼前にすべてが終わる。事の成否は必ず警察の動きでわかる筈だ。その投函は貴殿の裁量に任せたい」

島田は落ち着いて答えた。

二通の斬奸状を手にしていた風呂敷に包むと、木村は声をかすかに震わせて、

「御首尾を祈っています」

と言った。

「木村殿」

脇から、長が念を押した。

「事は大罪です。木村殿に官憲の手が及ぶかも知れませぬが……」

「わかっております……」

木村は少し動揺したようだが、

「もとより承知のこと、では」

と答え、島田と長に一礼して部屋から足早に去って行った。

「あの斬奸状こそわれらと陸先生の御志を世に示す唯一のものだ。事を成し捕縛されて首を落とされるのは必定。その折、わたしが太政官に出すこの書状はすぐに焼き捨てられるに違いない。そうなれば、われらの思いは無に帰する。首尾よく利通を討ち果たした時、木村殿が新聞社に送るあの書が満天下に伝えられるのだ。木村殿のお働きに心から感謝したい」

集まった五人を前に、島田は言った。

長や脇田、そして杉村、杉本、そして浅井の五人は固く口を閉じて大きく頷いた。

午前七時過ぎ、島田たちは四谷御門から紀尾井町に向かった。

前夜の降雨の名残りか、かすかな靄《もや》が緑の木々の間に立ち込めていた。

身なりはそれぞれ羽織袴姿である。家紋が縫いこまれた先祖伝来の羽織を着用している者もいた。事が成就した場合、士族らしい堂々とした姿で縛《ばく》に就きたいという島田の意見に誰もが同意したのだ。

だが、刀を振るう時には脱ぎ捨てて、動きやすい態勢を取ることを申し合わせていた。

人気《ひとけ》の無い清水谷に着くと、島田は前夜石橋の下に隠した長刀を取り出して、脇田に渡した。脇田は頷いて刀を受取り、坂の中ほどの草むらに身を隠した。

襲撃の手順はすでに何度も確認し合っている。

先ず、脇田が利通の馬車の前に飛び出して、馬の前足を斬って馬車を止めねばならぬ。

馬車が止まった瞬間に、島田たちがすかさず利通を襲うのだ。

この最初の馬への攻撃が事の成否を決める。

最初の攻撃が失敗し、馬が全速力で清水谷を北に走り去れば、追いつくことは不可能だからだ。

「いいか?」

念を押すように島田は、脇田を見つめた。

「よし」

呟くように言って、脇田は長刀を手にした。

傍らには、短刀を持った長が控えている。二人は連れ立って、清水谷の東側に移動した。脇田とともに馬を止めるためだ。

残る四人の役割は決まっていた。

清水谷の西にある壬生邸前の土塀脇の草むらに島田ら四人が潜む。

坂の西側にある壬生邸は島田ら四人の姿を隠すに都合のよい草むらと堅固な土塀に取り囲まれていた。

馬のいななきが聞こえても、すぐに家人が駆けつけるのは不可能だろう。

脇田の一撃で馬が倒れ、馬車が止まった時こそ、利通を襲う好機だ。

その瞬間に、島田たちが馬車に突進する。付き添う御者と馬丁は恐らく逃げ出すだろう。しかし、それに構わず、利通ひとりを標的にすることにしていた。御者や馬丁が近くの警視分署に駆け込む前に利通を死に至らしめねばならないのだ。

——一瞬の間だ。利通の命さえ奪えば……。

青臭い草の香に包まれながら、島田は待った。

——西郷殿や桐野殿たちの無念を晴らし、利通ら政府高官たちの物欲まみれの権勢を粉微塵にするのだ。

島田は短刀を抜き放ち、並んで待機している三人の顔を見つめた。

自分と同じように兵児帯《へこおび》を締め、誰もが強張った表情で右手を見つめていた。

眼の前にある共同便所からの臭気が鼻をつくが、島田は必死に耐えた。

島田らが見つめているのは、赤坂御門から清水谷に入る道の方角である。

——本当に来るのか。

島田は不安だった。

道の途中で異変に気づけば、利通は太政官への出仕を止めるかも知れないのだ。

その時はどうする?

――いや、必ず……。

と思い直した時、道を蹴る蹄《ひずめ》の音がかすかに響いた。

すると、向かい側の草むらに潜んでいた長が少し体を起して左手を見た。

そして、ゆっくりと短刀を上に振り上げた。

馬車が利通のものであることを伝える合図であった。

島田は傍らの浅井ら三人を見つめて頷いた。

短刀を鞘《さや》から抜き放ち、島田は身を硬くした。

馬車が見えた。

利通の馬車は二頭立てである。

御者台に一人、そして伴走台にも一人の男が乗っていた。

――脇田、今だ!

島田が呟くと同時に、長刀を抜き放った脇田と短刀を手にした長が道を塞ぎ、馬車を止めようとした。驚いた馬は一瞬前足を高く上げて止まった。

すると、伴走台に乗っていた男が二人を大声で叱咤《しった》した。

馬丁らしいその男を無視して、脇田が馬に近寄り、手にした長刀で馬の前足を矢継ぎ早に斬った。

だが、一撃は失敗し、馬車はそのまま走り抜けようとした。気を取り直した脇田は、すかさず第二撃で二頭の前足を続けざまに斬り払った。

その途端、手前の馬はそのまま前のめりに倒れた。だが、もう一頭の馬は傷を負いながらも必死に耐えて立ったままだ。

馬車が前に傾くようにして止まると、御者台にいた男が馬車から飛び降りた。

「何をする！」と大声で叫び、手にした鞭で脇田に打ちかかった。

すると、脇田は怒りに満ちた形相で、その男を袈裟懸《けさが》けに斬った。

血しぶきをあげて男が倒れると、馬丁らしき男は身の危険を覚ったのか、馬車から飛び降りた。

丸腰の男は蒼白な顔で脇田を見ると、すぐに背を向けて走り出した。

まだ馬車の中にいる主人の身を案じ、異変を伝えるためか、東の北白川宮邸の草むらに逃げ込んだ。

脇田はその男を斬り捨てようと後を追ったが、すでに遅きに失した。

――利通、一人を！
すでに、島田ら六人は前のめりに傾いた馬車の周りに集まっていた。
島田は強引に馬車の扉を左手で開け放った。
すでに利通は外の異変を知っていた。
そして、御用箱を抱えたまま、中から島田を凝視した。
島田は咄嗟《とっさ》に片手で利通の腕を摑み、馬車の外に引きずり出した。
路上に倒れて、島田を睨む利通の顔は蒼白だった。
眼が大きく見開かれ、吊り上っている。
だが、恐怖の影は微塵も見られなかった。
そして、短刀を振り上げて目の前に立つ島田を見上げて叫んだ。
「無礼者！」
威厳に満ちた鋭い声音だ。
一瞬、島田はたじろいだ。
だが、利通のその一声で、島田は覚悟を決めた。
両手に握り返した短刀で自分を見上げる利通の喉を突き刺した。
利通はがっくり頭を落とし、道に倒れ込んだ。

血しぶきが顔全体に上がった。倒れた衝撃で、手にしていた御用箱の口が開き、中の書類がすべて地面に散らばった。

島田に引き続き、長と浅井が倒れて仰向けになった利通に襲いかかり、頭に短刀を次々と突き刺した。

すでに、利通の体は微動だにしない。

だが、とどめを刺すように、杉本や杉村らも利通の体に馬乗りになり、各自の刀を利通の首筋に刺した。

土ぼこりに塗《まみ》れた黒のフロックコートが鮮血に染まっていく。

「首を」

長が叫んで、利通の首をかき切ろうとしたが、島田が制した。

「よし、もういい」

喉に数本の短刀が打ち込められた利通を、島田は息を弾ませたまま見つめていた。

そして、その喉に手を触れ、利通の絶命を確かめた。

「終わった。長君、いいな」

島田の言葉に、

「すべて……」

長が喘《あえ》ぎながら答えた。

長の袴は返り血を浴びて真っ赤に染まっていた。

島田は激しい喉の渇きを覚えて、道の傍らを走る川に首を突っ込み大量の水を飲み込んだ。

それを見た長たちも、島田の後に従い川の水を浴びる様に飲んだ。

冷たい水を思い切り飲んだ後、島田は長に向って言った。

「行くぞ」

島田は懐に入れた斬奸状を確かめながら、太政官の門前に歩を進めた。

終章　その後

紀尾井町の清水谷周辺はすでに夕闇が迫っていた。

元福島県権参事の中條政恒は、清水谷にある大久保利通哀悼碑を後にして、麴町・富士見町の自邸に戻った。

その夜、中條は今まで集めていた利通の横死に関する新聞を読み返した。

そして、五月十四日の惨劇以降の動きを今一度、振り返ってみた。

国家の中枢にいた利通の横死は、大きな衝撃を政府のみならず一般国民に与えた。

利通を殺害した六人の士族たちは、太政官の門前に来て、「大久保参議を待ち受けて殺害に及んだ故、相当の処分を施させよ」と自首した。

当時の太政官前は閣議に参加する参議たちの馬車で混雑していたため、警備の近衛兵は門内に島田らを引き入れて捕縛《ほばく》した。すぐに警察分署から十数人が太政官に行き、六人を引き取って、警察本署に連行、六人の素性を調べた。

そして、首謀者である島田から陸の認《したた》めた斬奸状を取り出した。その後、かれらは裁判の終了まで、鍛冶橋監獄に収容された。

一方、政府は即日、伊藤博文を内務卿とし、伊藤の後、七月末に井上馨が工部卿に就任した。

利通暗殺の報は、警視本署の川路大警視に大きな衝撃を与えた。

実のところ、島田らの利通暗殺の企ては、地元金沢で密かに広まっていたらしい。金沢警察から警視本部に伝わってきたこの企てに対して、川路は「金沢の奴らに何ができるか」と一笑に附《ふ》して、これを無視した。

事件の直後、川路がその責任を感じて大警視の辞職を上申したことが、福島の中條たちまで伝わってきた。同郷でありまさに自分の師ともいうべき利通の横死は、西南の役での西郷の死とともに、川路にとって痛恨極まりないものだったに違いない。この上申は、伊藤らの説得で取り下げられ、川路は再び警察機構の総指揮を執ることになる。

参議筆頭の大久保の葬儀は三日後の五月十七日に盛大に挙行された。

まさに国を挙げての葬儀であった。

午前十一時、利通の自邸で葬儀が営まれた。

参集した会葬者は千百名を超えた。遺体が青山墓地まで運ばれて埋葬されたが、そこでも、多くの会葬者が集まったという。また新聞によると、殉職《じゅんしょく》した御者の中村太郎と殺された馬の遺骸も、利通の傍に埋葬されたとのことだ。

島田ら六人の逮捕を契機に、警察本署は金沢警察を通じて、金沢で島田らと意を通じていた忠告社の士族たちを次々と逮捕し、東京に送った。

斬奸状を書いた陸義猶は伊勢の津で逮捕されて、東京に護送された。

また金策のために金沢に戻っていた松田克之は実行に加わるために上京する途中で、島田らの決起を知り、止む無く帰郷して金沢警察に自首したとのことだった。

金沢から東京に送られた累犯者とされた忠告社の士族たちは十七名にも及び、さらに島田らが宿泊していた尾張町の林屋と脇田らの三河屋の関係者も逮捕されるという大規模な捜査と勾引《こういん》が続いた。

また実行に加わらず決起に不同意だったが、島田や長に頼まれて斬奸状を二つの新聞社に送った三河屋の木村到英もまた共犯者として逮捕、勾引された。

中條はすさまじいほどの捜査と逮捕を実行した政府がいかに士族たちの反撃を根絶

やしにしようとしたかを、一連の記事で知ることができた。

さらに、臨時裁判所の大審院判事玉乃世履《たまのよふみ》らによる取り調べが七月十七日に終了し、二十七日に判決言い渡しとなった。

斬罪は島田一郎（三十歳）、長連豪（二十二歳）、杉本乙菊（二十九歳）、脇田巧一（二十八歳）、杉村文一（十七歳）、浅井寿篤（二十五歳）の六人の実行者であった。

それから謀議に参加しながら実行犯とならなかった松田克之と斬奸状を書いた陸義猶、島田らの上京費用を工面し、浅井とともに第二次の実行者になろうとした橋爪武、また同様に旅費を工面し実行を助けた水野生清《みずのまさきよ》らは終身禁錮《きんこ》の判決を受けた。

残りの累犯者とされた者への判決は禁獄十年から七年の刑となり、また島田らの謀議を知りながら警察に届けなかった者までも有罪となった。

この厳しい処置により、禁獄五年から禁獄百日まで多くの有罪者が出た。

なお、島田らが宿としていた尾張町の林屋の主人、さらに本郷の三河屋の名義人である越村ハルも逮捕取調べを受けたが、いずれも無罪となった。

実行者である島田ら六人の斬刑は、幕政時代から斬刑を実施してきた山田浅右衛門《やまだあさえもん》によって市谷監獄署で判決言い渡しのあったその日の七月二十七日に執行されたとのことだ。

中條は一連の資料を読み終わると、ふと立ち上がり障子を開けた。

庭木の黒い影の上に満天の星が輝いている。

利通の死からすでに十四年の歳月が流れた。

利通が死の当日に会った福島県権令の山吉は帰郷後、中條に最後の利通の言葉がどのようなものであったかを告げた。

中條はその言葉を将来のために残すべきと山吉に説いたことで、山吉は「済世遺言《さいせいいごん》」という題名で小冊子にまとめた。

中條は再び、書斎に座り直して、山吉が残した「済世遺言」を手に取った。

利通が維新大業の第二期として考えていた明治十年から二十年はどうであったろうか。

先ず、第二回の地方官会議で提起した地方行政に関わる三つの議案は、内務省で修正を加えられて利通の死から三ヶ月後の明治十一年七月二十二日に公布された。

それは「地方三新法」と称される法律で、「郡区町村編制法」、「府県会規則」「地方税規則」として実施の運びとなった。

利通の上申書と地方官会議で審議された条項を元にして公布されたこれらの法律により、利通が希求した地方行政の根本的なあり方が定められた。

また、利通が大蔵卿の大隈重信とともに実施した公債である「起業公債」は、その後、順調な成果を挙げた。

利通の死の直前の五月一日に公布された起業公債は、第一国立銀行と三井銀行に販売業務が委託されて募集が開始された。

初めての利付き内国債であるこの公債は思いの外国民の間で好評だった。

額面百円を発行価格八十円として年六分の利となるという思い切った発行方法であったが、応募者は非常に多く、八月三十一日までに二千四百七十七万五千円分が申し込まれた。

この公債は、まさに利通が維新の第二期として思い描いた欧米に伍《ご》する殖産興業策の実現へと向かう大きな布石になったのだ。

起業公債の成功により資金の目処がついた福島の安積開拓地と猪苗代湖を結ぶ疎水事業は三年あまりの工期を経て明治十五年八月に完成した。

明治十五年十月一日、岩倉具視右大臣、そして松方正義大蔵卿らの列席の下に通水式が行われた。

当時、太政官少書記官であった中條は、総工費四十万七千円、作業延べ人員八十五万人という大事業の完成を心から喜んだ。

中條は、明治九年五月、天皇巡幸の先導役として福島に来た利通に開拓事業の必要性を訴えた夜のことを鮮明に覚えている。

そして今、利通の後進たちによる維新の完成期は近い。

三年前の明治二十二年二月、利通が望んでいた西欧列強を範とする大日本帝国憲法と衆議院議員選挙法、貴族院令などが公布された。

利通が明治四年から六年の米欧回覧で見聞し、日本にいずれ導入せねばと思い描いた法整備が実施となったのだ。

盟友伊藤博文が第一代内閣総理大臣となって開始された内閣制は、二代黒田清隆、三代山県有朋、そして四代松方正義によって引き継がれている。

利通とともに西南の役の難局を乗り切り、さらに戦後の財政再建を起業公債などの施策で乗り切ってきた大隈重信は、明治十四年の政変で政府から追われた。

その後、四年前の明治二十一年二月に伊藤博文に請われて外務大臣に就任したが、条約改正交渉の過程で反対派の右翼壮士に襲撃されて片脚を失い辞任している。

松方正義は、明治十一年五月、パリで利通の死を知り、傷心を抱えながら帰国、大蔵省から内務省に移り内務卿となった。

明治十四年の政変で大隈に代わり、念願の大蔵卿に就任、西南の役で乱発した不換紙幣である明治通宝札を回収し、さらに全国の国立銀行が発行した不換紙幣を償却して、デフレ政策を推進した。大隈とともに戦費調達という非常時の出費への反省から、断固たる財政政策を展開、中央銀行である日本銀行を創業し、正貨の裏づけのある兌換紙幣の日本銀行券発行に力を尽くした。

明治二十五年の今、松方は内閣総理大臣と大蔵大臣を兼任し、国政に邁進《まいしん》している。

利通の忠実な部下であった前島密は、事件直後の紀尾井町の現場に最初に駆けつけ、無残な利通の遺体を目撃し、その様子を後世に伝えている。

明治十四年の政変で大隈とともに官を辞した前島は、立憲改進党に入党し、大隈の設立した東京専門学校の校長を務めた。だが、明治二十一年に政府から再び招聘《しょうへい》されて、逓信次官となり、今、全国の電話事業に尽力しているようだ。

もう一人の内務少輔であった林友幸は、元老院議官を経て、二年前の明治二十三年に長年の功績から貴族院議員となっている。

利通が願った維新の完成は成し遂げられたのだろうか。

だが、少なくとも、日本を西欧諸国に匹敵する産業国とするための殖産興業策は完成期に入ったであろう。

利通は内務省内に授産局を設置し、資金貸与による士族たちの開墾事業を促がした。

その最初の試みであった二本松藩の士族による安積開拓事業は、その後、福島県南部の棚倉《たなくら》藩士が加わった。さらに、利通の死後に久留米藩、鳥取藩、高知藩、米沢藩、岡山藩の士族などが次々と入植し、明治十五年五月の松山藩の士族十五戸が最後の入植者となった。それは、利通の尽力で完成した猪苗代湖から開拓地までを結ぶ安積疏水の通水が目前に迫っていた時期である。

利通死後の明治十二年以降も、士族授産事業は継続された。対象となる事業は開拓に留まらず、養蚕や製糸、綿布やマッチ製造など多様な分野に広がっていった。入手した統計資料によれば、明治十二年から明治十五年までの五年間だけでも、全国の士族たちの結社への授産金貸与は、百六十の事業に対して実施され、貸与総額は二百六万円を超えた。

その実例を見てみると、安積原のような開墾事業に限定すれば、明治十二年六月に認可された静岡藩士による牧之原《まきのはら》茶園事業を皮切りに、以後、鳥取藩士による鳥取県夜見ヶ浜《よみがはま》開墾と綿作、桑名藩士の明野ヶ原《あけのがはら》開墾、菊間《きくま》藩士による千葉県市原郡能満《のうまん》開拓、土浦《つちうら》藩士による茨城県新治《にいはり》郡三村の開墾、仙台藩士による宮城県牡鹿原《おしかはら》開拓などが対象となった。

この貸与制度は明治二十年まで続けられたが、二年前の明治二十三年十一月に廃止され、政府による士族対策は終焉を迎えた。残された内務省の記録によれば、貸与された総金額はおよそ九百二十二万円に達した。

利通が意図した士族救済のための授産事業は、多くの失敗を重ねながらも、結果として一定の成果を挙げた。

それにしても、あまりに突然の利通の死であった。

妻の満寿子は、夫の後を追うかのように、その年の十二月七日に病死した。

長男の利和は、父の利通の勲功により侯爵となり、大蔵省主計官を経て貴族院議員となっている。次男の伸顕は鹿児島の縁戚に当る牧野《まきの》家の養子となり、法制局参事官を経て黒田清隆内閣の首相秘書官に就任し、今は福井県の知事を務めている。また三男の利武はアメリカのイェール大学に留学し、その後ドイツ各地の大学で学んでいるらしい。

帰宅する利通を玄関先で利武とともに出迎えた四男雄熊は石原家へ養子に入り、また満寿子に抱かれていた長女の芳子は十七、八歳の妙齢になっている筈だ。噂では外務省の有望な幹部候補として期待されている元薩摩藩士の伊集院彦吉《いじゅういんひこきち》に嫁いだと聞いている。

すでに夜半を過ぎる時刻だ。

病後の自分を心配する妻がそろそろ就寝を促がしに来る頃である。

中條はゆっくりと立ち上がった。

ふと、猪苗代湖と安積開拓地の風景が凛と背筋を伸ばした敬愛する利通の姿とともに思い浮かんだ。

いずれ、自分もまた第二の故郷ともいえる福島の大地に戻り、そこで骨を埋めることになろう。

中條はゆっくりと廊下に出て、寝間に向った。

主要参考文献

勝田孫弥著「大久保利通伝」(同文館)
同　「甲東逸話」(富山房)
松原致遠著「大久保利通」(新潮社)
徳富蘇峰著「大久保甲東先生」(民友社)
伊藤痴遊著「伊藤痴遊全集第四巻」(平凡社)
田中惣五郎著「大久保利通」(千倉書房)
毛利敏彦著「大久保利通」(中公新書)
佐々木克監修「大久保利通」(講談社学術文庫)
笠原英彦著「幕末維新の個性3　大久保利通」(吉川弘文館)
勝田政治著「〈政事家〉大久保利通」(講談社選書メチエ)
同　「廃藩置県」(同)
安藤哲著「大久保利通と民業奨励」(御茶の水書房)

大島美津子著「明治国家と地域社会」（岩波書店）
國雄行著「博覧会の時代・明治政府の博覧会政策」（岩田書院）
落合功著「大久保利通・国権の道は経済から」（日本経済評論社）
田村貞雄編「幕末維新論集8・形成期の明治国家」（吉川弘文館）
落合弘樹著「明治国家と士族」（吉川弘文館）
我妻東策著「明治社会政策史」（三笠書房）
吉川秀造著「士族授産の研究」（有斐閣）
関秀夫著「博物館の誕生」（岩波新書）
富田俊基著「国債の歴史」（東洋経済新報社）
日本大学安積開拓研究会編「殖産興業と地域開発・安積開拓の研究」（柏書房）
神山恒雄著「殖産興業の展開」（岩波講座『日本歴史第十五巻』所収）
立岩寧著「中條政恒伝」（青史出版）
鈴木しづ子著「明治天皇行幸と地方政治」（日本経済評論社）
高橋哲夫著「安積の時代～『貧しき人々の群』の舞台」（歴史春秋出版）
　同　「明治の士族～福島県における士族の動向～」（歴史春秋社）
宮本又次著「五代友厚伝」（有斐閣）
神川武利著「大警視・川路利良」（ＰＨＰ研究所）

田中影著「岩倉使節団の歴史的研究」（岩波書店）
大塚虎之助著「極秘電報に見る戦争と平和　日本電信情報史」（熊本出版文化会館）
猪狩隆明「西南戦争における長崎の位置とその史料」
（「西南戦争に関する記録の実態調査とその分析活用についての研究」所収）
小川原正道「西南戦争における久留米支庁の役割について」
（「西南戦争に関する記録の実態調査とその分析・活用についての研究」所収）
田中信義編「カナモジでつづる西南戦争」（編者刊）
岡部信弘著「フランス選挙制度史」（「北大法学論集」所収）
只野雅人著「選挙制度と代表制　フランス選挙制度の研究」（勁草書房）
水木惣太郎著「選挙制度論」（有信堂）
大隈侯八十五年史会編「大隈侯八十五年史」（原書房）
渡辺幾治郎著「大隈重信」（大隈重信刊行会）
春畝公追頌会編「伊藤博文伝」（原書房）
徳富猪一郎編述「公爵松方正義伝」（明治文献）
猪飼隆明著「西郷隆盛　西南戦争への道」（岩波新書）
山口修著「前島密」（吉川弘文館）
旧参謀本部編「維新・西南戦争」（徳間書店）

宮内庁編「明治天皇紀」（吉川弘文館）
日本史籍協会編「百官履歴」（東京大学出版会）
副田義也著「内務省の社会史」（東京大学出版会）
大霞会内務省史編集委員会編「内務省史」（大霞会）
我部政男他編「明治前期地方官会議史料集成」（柏書房）
日本史籍協会編「大久保利通文書」（東京大学出版会）
日本史籍協会編「大久保利通日記」（同）
日本史籍協会編「木戸孝允日記」（同）
「郡山市史」（郡山市）
「安積開拓百二十年記念誌」（郡山市）
新町町誌編纂委員会編「新町町誌」（新町〈群馬県多野郡〉）
横田庄一郎著「大久保利通の肖像」（朔北社）
石原慎太郎・藤原弘達・渡部昇一他「大久保利通　幕末を切り裂いたリアリストの智謀」（プレジデント社）
国立歴史民俗博物館編「大久保利通とその時代」（国立歴史民俗博物館振興会）
石川県立歴史博物館編・発行「紀尾井町事件・武士の近代と地域社会」
陸義猶述「島田一郎一列紀尾井町事件実歴」（「史談速記録」史談会）

橋本哲哉・林宥一著「石川県の百年」（山川出版社）
神辺靖光著「続　明治の教育史を散策する」（梓出版社）
石林文吉著「石川百年史」（石川県公民館連合会）
大津淳一郎著「大日本憲政史」（原書房）
「港区教育史」（東京都港区教育委員会）
「金沢の百年」（金沢市）
「日本歴史地名体系　石川県の地名」（平凡社）
遠矢浩規著「利通暗殺　紀尾井町事件の基礎的研究」（行人社）
太政類典「石川県士族島田一郎他五名及び連繋者犯罪処断」（国立公文書館）
黒龍会編「西南記伝」（原書房）
「石川県史」（石川県）
「金沢市史・政治編一」（金沢市）
日本歴史学会編「明治維新人名辞典」（吉川弘文館）
国史大辞典編集委員会編「国史大辞典」（吉川弘文館）

本書は書き下ろしです。

時代考証　大石学（東京学芸大学教授）

実業之日本社文庫 わ12

大久保利通《おおくぼとしみち》　わが維新《いしん》、いまだ成《な》らず

2018年8月15日　初版第1刷発行

著　者　渡辺房男《わたなべふさお》

発行者　岩野裕一
発行所　株式会社実業之日本社
〒153-0044　東京都目黒区大橋 1-5-1
クロスエアタワー8階
電話 [編集]03(6809)0473 [販売]03(6809)0495
ホームページ　http://www.j-n.co.jp/
DTP　ラッシュ
印刷所　大日本印刷株式会社
製本所　大日本印刷株式会社

フォーマットデザイン　鈴木正道(Suzuki Design)

ISBN978-4-408-55434-1（第二文芸）